青春之泉

QINGCHUN ZHI QUAN

应泽民 ◎著

时代出版传媒股份有限公司
安徽文艺出版社

图书在版编目（ＣＩＰ）数据

青春之泉/应泽民著. —合肥：安徽文艺出版社，2020.11
ISBN 978-7-5396-6654-9

Ⅰ．①青… Ⅱ．①应… Ⅲ．①推理小说－中国－当代 Ⅳ．①I247.5

中国版本图书馆 CIP 数据核字（2019）第 073508 号

出 版 人：段晓静
责任编辑：王婧婧　　　　　　　　装帧设计：徐　睿

出版发行：时代出版传媒股份有限公司　www.press-mart.com
　　　　　安徽文艺出版社　www.awpub.com
地　　址：合肥市翡翠路 1118 号　邮政编码：230071
营 销 部：(0551)63533889
印　　制：安徽联众印刷有限公司　(0551)65661327

开本：880×1230　1/32　印张：7.875　字数：200 千字
版次：2020 年 11 月第 1 版
印次：2020 年 11 月第 1 次印刷
定价：39.00 元

（如发现印装质量问题，影响阅读，请与出版社联系调换）

版权所有，侵权必究

目录

第一章　生日宴会/001

第二章　两片树叶/010

第三章　葡澳餐馆/019

第四章　韩裔女孩/034

第五章　血液试验/041

第六章　地下赌场/049

第七章　健美舞男/056

第八章　浴女爆料/070

第九章　男孩失踪/084

第十章　少妇遗书/092

第十一章　科技公司/104

第十二章　星相术士/111

第十三章　义犬追踪/118

第十四章　草丛裸尸/127

第十五章　铁嘴钢牙/140

第十六章　蒙面色魔/156

第十七章　酒店命案/163

第十八章　公墓怪事/172

第十九章　刀斩线索/184

第二十章　访问舞男/198

第二十一章　浴女举证/203

第二十二章　探访会所/213

第二十三章　潜入侦查/224

第二十四章　罐装啤酒/231

第二十五章　神秘手机/238

第二十六章　捣毁黑窝/245

第一章　生日宴会

阮小芳,文静、端庄的中国姑娘,国内名牌大学毕业,来美国留学深造。

今天是她的同学朱萍的生日。朱萍住在已移民美国的姨妈家里。阮小芳正要前往纽约曼哈顿下城唐人街朱萍的姨妈家。

阮小芳从柯乃尔街下方的莫特街和贝尔街路口,进入唐人街中心。

纽约最早的中国移民,发迹于十九世纪七十年代中期的莫特街一带。如今街区扩充,从南边的三个街区向四面八方拓展,把纽约老街区的许多地方包括进去,新建街坊,道路纵横,车水马龙,一片繁华。街上布满精致的酒楼、茶馆、咖啡厅、商场、银行、戏院、书店、菜市、古董店、珠宝行、中草药店……还有同乡会馆、行业工会、氏族宗祠。

纽约唐人街时下约有三十万华人,这还不包括那些在这里生活工作很长时间仍未取得正式定居资格的"黑户口"。

唐人街正门广场,也叫作孔夫子广场,竖有一尊一丈八尺高的青铜孔子塑像,可见这位伟大的思想家、教育家在纽约华人心目中的崇高地位。

阮小芳走进朱萍的姨妈家,朱萍的姨妈在玄关迎接她。

"芳芳,你来了,萍萍正等着哩!"

这位中年妇女身穿晚礼服,还佩戴着光彩夺目的珠宝。

玄关吊着闪闪发亮的灯饰,据说是朱萍的姨父特地从意大利威尼斯买回来的。

阮小芳被带往客厅。她看到地毯上摆着雪白的沙发,大理石桌上放着古希腊神话里的女神雕像。

朱萍的姨父这些年生意做得风生水起,参加他侄女生日宴会的客人都穿着礼服,好像出席明星聚会一般。

朱萍从螺旋楼梯上走下来。她婀娜多姿,打扮入时,引人注目。她看见阮小芳,非常高兴。

"芳芳,你能来,太好了!"

阮小芳迎上去:"你的生日宴会,我一定会来!"

朱萍身旁站着一个风度翩翩的年轻人。她把他介绍给阮小芳:"这是我最近交的男朋友,他叫吴才伟。"

阮小芳觉得眼前这个年轻人好面熟,吴才伟先认出了她,上前一步:"阮小芳,想不到在这里见到你!"

朱萍有些诧异:"你们认识?"

"我们以前是邻居,"吴才伟解释道,"后来我到了美国就再也没有见面。"

"吴才伟,你好!"阮小芳礼貌地说。

适逢星期天,客人全部到齐,生日宴会开始。

朱萍的姨父最近常去马来西亚,为了把侄女的生日宴会办得与众不同,他特地从马来西亚请来厨师,让客人们品尝正宗的"南洋风味"。

在这些美食中,最受欢迎的是"沙嗲"。

沙嗲可以说是马来西亚的"国菜",这道菜将牛肉、鸡肉用辣椒、茴香等香料腌过后,穿在竹竿上烧烤。去马来西亚旅游,无论在饭店还是在夜市,都可以吃到这种迷人的料理。

客人们吃得津津有味。

席间,朱萍的男友吴才伟看到她忙着招呼客人,主动跟阮小芳搭讪,以免冷落了这个老邻居。

饭后,大家开始跳舞。

组合音响里播出悦耳的舞曲,朱萍的姨父姨妈和客人们翩翩起舞。

阮小芳看到上了年纪的客人们快乐地跳舞,想到在国内的父母辛劳一辈子也没有下过舞池,不禁发出一阵感慨。

朱萍的男友吴才伟来到阮小芳身边,对她说:"我们也来跳舞吧!"

"你应该跟朱萍跳舞。"阮小芳不以为然。

"她忙得不可开交哩!"吴才伟指着舞池中间的两个人说。

朱萍正在陪一位美国客人跳舞。

吴才伟拉着阮小芳的手,将她拖进舞池。

阮小芳会跳迪斯科,而对这种交谊舞并不擅长。她觉得自己全身僵直,只有跟着吴才伟的舞步旋转。吴才伟技巧娴熟,她亦步亦趋,总算没有出丑。

终于,要切生日蛋糕了。

朱萍的一位朋友弹琴,带领大家一起唱"祝你生日快乐"。

当朱萍将蜡烛吹熄时,大家鼓掌庆贺。

朱萍切蛋糕,并将它放在小盘上,分给每位客人。

大家吃过蛋糕后,纷纷起身赠送礼物。朱萍忙不迭地向大家道谢。

宴会结束,宾客陆续离去,吴才伟也走了。阮小芳留下来帮忙打扫。

朱萍的姨妈很感动,给了阮小芳一个红包,还让侄女开车送她回宿舍。

朱萍刚发动汽车,姨妈家的宠物狗就跳进来,偎依在朱萍身边。

宴会结束时,朱萍的男友吴才伟跟朱萍说"有事",提前离开了她姨妈家。

他有什么事呢?

他要去跟另一个女孩约会。

吴才伟的父亲是朱萍姨父的下属,他跟朱萍谈恋爱是父亲决定的,他本人并不乐意,因此一直对朱萍若即若离,心猿意马。

他来到一家豪华宾馆,挽着已在此等候的罗燕的手走进去。

罗燕是外地来纽约打工的女孩,她第一次进入这么豪华的宾馆。

在宾馆大堂,罗燕看见各个房间都亮着彩色灯泡,而已使用的房间,灯泡会自动熄灭。

吴才伟指着一间房问罗燕:"这个房间如何?"

他表现出一副老练的样子。

"随便。"罗燕小声答道。她的眼珠滴溜溜地转着,看有没有熟人。

"那么就用这间吧。"吴才伟对接待员说。

接待员收下吴才伟的预付金,将房间钥匙交给他。

这是一间充满童话氛围的房间。

吴才伟打开房间,先行进入。

罗燕看了看楼道两边,没有发现熟人,便跟着吴才伟走进房间。

吴才伟随即关上房门。

"哇!好漂亮!"罗燕大叫,仿佛走进童话世界。

房间的一角,有一架白雪公主睡的粉红床,七个小矮人围绕在床边。

房间的另一角,摆放着在动画片中出现的米老鼠、兔八哥、唐老鸭等玩偶。

吴才伟问罗燕:"住在这种房间里,很开心吧?"

"开心。"

罗燕拿着唐老鸭玩。

"去玩澡吧!"吴才伟说。

他脱下衣服,走进浴室。

"快来呀!"在淋浴的响声中,吴才伟喊话。

罗燕用浴巾裹着身体,跟着走进去。

她先用温水洒遍全身,再换成热一点的水。

在浴室里,吴才伟不断地找机会触碰罗燕。

起初,浑身是泡沫的罗燕忸怩躲避,后来,在碰到对方的身体时,她发现自己双眼迷蒙,肩膀无力……

朱萍驾驶载着阮小芳和宠物狗的轿车开出市区,来到郊外。在沉沉的黑夜中闪着几点路灯的光亮,更加深了郊外之夜的感觉。

阮小芳就住在这里。她课余时间在市郊新村的一家餐馆打工,宿舍是餐馆提供的。

前面的巷道狭窄,车开不进去,阮小芳叫朱萍停车,自己走下车,感谢朱萍开车相送,挥手向她道别。阮小芳的背影很快消失在黑暗的巷子里。

朱萍松开手刹,准备发动轿车,这时,姨妈家的宠物狗从车上跳下来,跑到前面的墙角。

朱萍知道它要大便,只好在车里等候。

这里远离市区,又是深夜,家家关门闭户,忽然,不知从哪里蹿出一条黑影,悄悄接近朱萍坐的轿车……

吴才伟和罗燕在那间布置成童话世界的豪华房间里洗完澡,吴才伟将她抱上床。

他趴在床头,点燃一支香烟。

"罗燕,睡过来。"

"什么事?"罗燕扭转头问。

"我是为了跟你结婚,才把你约到宾馆里来的。"

"我可没有这个打算。我听说,你最近谈了一个有钱的留学生,她才是跟你结婚的人。"

"你是说朱萍?"吴才伟叹了一口气,"我父亲是朱萍姨父的下属,老板发了话,下属当然要听。我是为了父亲,才答应先跟朱萍交往一段时间的。"

"你对她的印象如果?"

"很不好。"吴才伟将香烟灰弹进床头柜上的烟灰缸里。

"说具体点。"

"朱萍家里很有钱,她的姨父更有钱,她爱炫富,还逞强好胜,口无遮拦,得罪了不少人。"

"一个女孩子树敌过多……"罗燕沉吟道。

吴才伟接过话茬："我就怕她遭人报复！"

夜幕像黑丝绒般浓重,纽约郊外新村一片寂静。

刚才,朱萍在这里停车,当阮小芳走进小巷,宠物狗跑到墙角的时候,那条突然蹿出的黑影伸手去掐朱萍；朱萍反抗,手被划破,血滴在车里。黑影将朱萍掐昏,把宠物狗打死,随后背着朱萍走进另一条巷子。

巷内一户人家的卫生间突然亮灯,一个男孩进来小便,他从窗口看见一个黑影背着一个姑娘在巷子里走。

黑影在那户人家卫生间亮灯的时候眼睛转向明亮的窗口,看到了那个男孩。

黎明的曙光刚揭去夜幕的丝绒,阮小芳就起床了,她要从新村乘公交,然后坐地铁,才能赶到学校。

她走到巷口,看到昨晚送她回家的那辆轿车还停在那里,但她没有发现死在墙角的宠物狗,因为它被起得更早的人抱走了。

阮小芳走近轿车一看,车里没有人,她心中顿时泛起不祥之感,赶忙掏出手机,把这个情况告诉朱萍的姨妈。

朱萍的姨妈急得六神无主,不知侄女去哪里了。

朱萍的姨父一筹莫展,侄女万一有个三长两短,怎么跟她的父母交代？

他到警察局报案,接待他的警员对他说,现时人员失踪的情况很多,但许多人后来又自己回来了,但表示已将他谈的问题记录在案。

他只好拿起手机,将朱萍失踪的情况,通知她在国内的父母。

第二章　两片树叶

刘洋凯赴美国留学之前,是滨江市公安局侦查员,在侦办的几起跨国大案中表现出色,已成为国际刑警。为便于开展工作,他在美国开了一家侦探公司,并跟滨江市公安局保持联系。

朱萍的父母获知女儿在纽约失踪,立即向当地公安局反映情况。当地公安局通过内部网络联系滨江市公安局,局长指示刘洋凯的学妹丁红娟,通知身在美国的刘洋凯。

朱萍的母亲根据当地公安局反馈的信息,电告妹夫,让他去找刘洋凯协商。

于是,朱萍的姨父来到刘洋凯的侦探公司。

同行的还有朱萍的男友吴才伟。

刘洋凯的助手陈静美忙着给他们冲咖啡。

朱萍的姨父诉说了他所知道的全部情况。

吴才伟也说了自己的想法。

陈静美认真做记录。

吴才伟以肯定的语气说:"我认为朱萍失踪,是有人报复她!"

"你认为谁最可疑?"陈静美停下笔,问道。

"朱萍的前男友叶斌。"

"说说你的理由。"

"叶斌跟朱萍交往一年多了,已经到了谈婚论嫁的程度,可是,由于叶斌父亲投资失败,他家不能满足朱萍提出的结婚要求——必须在美国拥有一套房产,因而吹了!上个星期天,叶斌跟几个熟人在酒吧喝酒,其中有我的一个朋友,叶斌喝醉了,大骂朱萍,说她只认钱不认人,非宰了她不可!"

"是你的那个朋友将叶斌喝醉后说的话转告你的?"陈静美问。

"是呀,叶斌酒后吐真言,可信度高。"吴才伟说,"还有,我参加朱萍生日宴会提前出来,看到对面街口停着一辆车,叶斌就坐在里面。他是不是在朱萍开车送阮小芳时跟踪她,然后趁天黑绑架她呢?"

朱萍的前男友、被吴才伟认为是绑架者的叶斌,正在一家华人开的名叫"望江"的酒吧喝酒。

这家酒吧装修豪华,环境优雅,女招待五官端正,服装新颖,很受客人的欢迎。顾客中不少人层次很高,这使得酒吧更显得高贵、雅致。

望江酒吧从不勉强顾客,也不乱放一些妨碍顾客谈话的音乐,店里的气氛非常融洽。

叶斌以前常带朱萍到这家酒吧来。失恋后,他独来独往,酒吧老板娘十分同情他,经常把最漂亮的女招待介绍给他。

今晚为叶斌陪酒的女招待鲁秀梅是新来的,叶斌第一次见到她。鲁秀梅也是华人,家在外地,她是一个美人坯子,但很少讲话;叶斌满面愁容,默默地喝着酒。

二人都沉默不语。与其说他俩同桌共饮,不如说鲁秀梅只是在一旁为叶斌添酒加菜。

老板娘看到这边冷场,走过来问:"你们两个怎么啦?都成了木头人。"

叶斌没有答话,而且面无笑容,又呷了一口杯中的酒。

老板娘意识到叶斌还在为朱萍抛弃他而闷闷不乐,劝道:"叶先生,天涯何处无芳草,何必在一棵树上吊死呢?"

叶斌终于开口了:"我倒没有吊死,朱萍失踪了!"

女老板大吃一惊:"什么?朱小姐失踪了?"

阮小芳今天的课程特别多,从学校出来,已是万家灯火。

她刚走上大街,一只手从停在路边的轿车的窗口伸出来,向她挥动:"芳芳!芳芳!"

阮小芳听出是熟人的声音,走过去问:"阿宝,你一个人吗?"

"是的。"阿宝点点头,"我开车路过,看见你从学校出来,我要回新村,正好带你一起回去。"

"太谢谢了!"阮小芳钻进车里,"不过我先不回新村,到唐人街一个同学的姨妈家里去。"

"行！我载你一程。"

轿车开动了。然而,阮小芳未能去朱萍姨妈家,也没有回新村。

她继朱萍之后,失踪了！

刘洋凯接下朱萍失踪的案子,带领陈静美和另一个助手小夏提取了朱萍轿车上的指纹和血迹,然后,让陈静美和小夏到叶斌常去的酒吧收集线索。

望江酒吧墙角的桌边,坐着一对"情侣",正是小夏和陈静美。

他俩就近观察叶斌的状态和他跟老板娘的谈话,希望有机会提取叶斌留在酒杯上的指纹,从而确定他是不是跟朱萍的失踪有牵连。

老板娘听叶斌说朱萍失踪了,不禁问道:"叶先生,您同朱萍已经断绝了来往,怎么知道这些情况呢?"

"是朱萍跟我断绝了来往,"叶斌解释道,"我还像从前那样,经常把车开到她家附近,打听她的消息。朱萍可能被绑架了,我是听她的邻居说的。"

老板娘在叶斌身边坐下来。

"叶先生,您今天开了车吗?"

"没有。"

"那好,您就放开量喝,喝醉了就把什么都忘了！"

老板娘边说边打开酒瓶,倒了一杯酒,然后加上冰块,把杯子递给叶斌。

叶斌一口气喝干杯中的酒。

"对,就这么喝,不醉不休!"

老板娘拍拍叶斌的肩膀,起身去招呼别的客人。

女招待鲁秀梅也像老板娘那样,拿起空杯子又倒满酒。

叶斌又是一口气喝干杯中的酒。

墙角的桌边,陈静美跟小夏说:"看来,老板娘想让叶斌喝醉。"

"那样正好,"小夏喝了一口饮料,"便于我们提取他留在杯子上的指纹。"

陈静美望着那边为叶斌倒酒的女招待鲁秀梅。

她看到鲁秀梅每次为叶斌倒完酒,都默默地坐着,好像有什么心事。

叶斌只顾自己喝酒,全然不顾坐在对面的鲁秀梅,更不在意她想些什么。

不一会儿,叶斌喝醉了,他面前女招待的身影渐渐模糊,他的思维开始混乱,最后趴在桌子上打起鼾来。

老板娘见叶斌喝醉,她知道他的住处,让鲁秀梅叫出租车送他回家。

鲁秀梅搀扶着叶斌走出酒吧。陈静美、小夏向老板娘出示侦探证,准备提取叶斌留在酒杯上的指纹。

老板娘并不问这么做是为什么,当即同意了。

陈静美、小夏离开酒吧,骑上摩托,追赶叶斌乘坐的出租车,但出租车已不见踪影。

陈静美回到留学生侦探公司,向刘洋凯报告观察叶斌的情况,以及指纹比对结果。

她认为,对叶斌的怀疑还不能完全消除,但是在那辆车上留下的指纹,跟叶斌的指纹对不上。

出租车向叶斌的公寓开去。

渐渐地,叶斌清醒过来。

司机坐在前排,叶斌意识到自己坐在出租车里。

他想抬起上身,发觉自己正靠在一个软软的、温暖的物体上。叶斌抬起眼睛,看见一张年轻姑娘的脸。

那是在望江酒吧当招待的华人女孩鲁秀梅。

叶斌醉醺醺地觉得这张脸水灵滋润,像吐蕊的桃花。

鲁秀梅的目光撞到叶斌的目光,她不由得苦笑了一下。

出租车开到叶斌租住的公寓楼前停下。

叶斌付了钱,下了车。

鲁秀梅扶着个子高大的叶斌,一步一晃地走上台阶,进入公寓,上了电梯。

叶斌望着鲁秀梅垂落在自己手臂上的头发,柔软而有光泽,觉得很美。

鲁秀梅小心翼翼地扶着叶斌走出电梯,像对待自己的兄长那样。

他俩穿过走廊,在八楼最右侧的门前站住。叶斌拿出钥匙,打开房门,按亮电灯,两人进入房间。

这是一套两室一厅的住房,一个人住很宽敞。

叶斌想让鲁秀梅留下来喝点咖啡,休息一下。鲁秀梅婉言谢绝了,说老板娘还在店里等她。

鲁秀梅要走,叶斌站在门口为她送行,觉得这个利用课余时间当女招待的留学生让人怜爱。

鲁秀梅刚走出公寓,一只手从停在路边的轿车的窗口伸出来,向她挥动:"秀梅!秀梅!"

鲁秀梅听出是熟人的声音,走过去问:"阿宝,你怎么在这里?"

阿宝说:"我刚才在望江酒吧玩,老板娘说你送一个客人回公寓,我特地来接你回店里。"

"太谢谢了!"鲁秀梅钻进车里。

轿车开动了。然而,这个名叫"阿宝"人,并没有把鲁秀梅送回望江酒吧。

她是第三个失踪的女孩。

刘洋凯寻找两名中国留学生和一名华人女孩的行动,得到了当地警方的支持。刘洋凯从警方提供的录像带中了解到,阮小芳、鲁秀梅都是在上了同一辆小轿车以后失踪的。这辆黑色星雅特小轿车的车牌是：

NEW　YORK

FPR——43△△

EMPIRE STATE

刘洋凯先是找到这辆小轿车的车主,车主说这辆黑色星雅特小轿车确实是他的,车牌也没有问题,但已失踪多日,他已向警方报案,犯罪嫌疑人显然是开着他的车作案的。

刘洋凯于是和众多的志愿者分头寻找,踏破铁鞋,终于在佛罗里达州代托纳比奇市,找到了这辆黑色星雅特小轿车!

附近没有发现犯罪嫌疑人,此人早已弃车逃走。

刘洋凯仔细检查这辆车,在车内后座皮靠椅的夹缝里找到几根长头发,经检验认定是鲁秀梅的,这证明她确实上了这辆车;而留下头发表明,她可能曾拼命反抗,被对方抓住头发殴打。

刘洋凯还在车里找到一个香烟头,阮小芳和鲁秀梅都不抽烟,这很有可能是犯罪嫌疑人留下的。

更为重要的是,刘洋凯在这辆车里找到两片树叶,经请教专家,认定是典型云杉针叶,这种树木生长在佛罗里达州北部。专家用显微镜观察树叶上的泥土,指出这泥土出自冲积平原。

刘洋凯在当地警方的支持下,会同150名巡逻员、执勤员和志愿者，仔细搜查佛罗里达州北部那片冲积平原。他们之间相隔一定距离，慢慢移动，像梳子一样，不漏掉一块地方。一位搜索者发现了两个点烟器，把它们交给刘洋凯。

回到驻地，刘洋凯对那两个点烟器进行检验，证实其上的残留物与黑色小轿车里发现的香烟头成分一样。这表明，绑架阮小芳、鲁秀梅的犯罪嫌疑人到过这片冲积平原。但证物中未能提取到 DNA。

他到这里来干什么？

第二天，刘洋凯和 150 名搜索者再次来到这片冲积平原，经过地毯式的仔细搜查，在一个废弃的猪棚里找到一具少女的尸体。

这个少女既不是阮小芳，也不是鲁秀梅，但也是亚洲人。

刘洋凯执有法医执照，他对死者进行了全面检查，这个少女的死亡原因令人咋舌：因身上的血液流尽而死！

刘洋凯还在这个少女的文胸上发现了一些黑色和青绿色聚丙烯纤维，经过比对，跟绑架阮小芳、鲁秀梅的那辆黑色小轿车的地毯材料相符。

这表明，犯罪嫌疑人用同一辆小轿车在绑架阮小芳、鲁秀梅以后，又将这个血液流尽的少女载到这片冲积平原抛尸。

刘洋凯认为，查明这个少女的身份及有关情况，有助于寻找失踪的朱萍、阮小芳、鲁秀梅。

于是，报纸、电视、网络等媒体公布了在佛罗里达州北部冲积平原上发现无名少女尸体的信息，期望亲友予以辨认。

第三章　葡澳餐馆

　　刘洋凯返回纽约。那天在朱萍驾驶的轿车里提取了指纹和血迹，今天血迹的化验结果出来了：是朱萍的血。

　　由朱萍的血，还有那个因血液流尽而死去的少女，刘洋凯想到吸血鬼德拉库拉伯爵饮下少女的血以防止衰老的故事，以及在西方社会中流传已久的年轻血液可以让人返老还童的说法。

　　刘洋凯脑海里浮现出四个字：青春之泉！

　　此刻，刘洋凯伫立窗前，凝视唐人街正门广场上的孔子塑像。他忽然觉得，这位中华民族的先贤，此刻也在回望自己。孔子敏锐深沉、闪耀着智慧光芒的眼睛，越过历史的长河，注视这个身在异国他乡的炎黄子孙，为他指点迷津。

　　蓦地，刘洋凯觉得自己读懂了孔子的目光。当他面对一起毫无头绪的疑难案件而束手无策时，他仿佛听到孔子从遥远的天国传来"不耻下问"的教诲。他感到茅塞顿开，喜不自禁地回转身来对陈静美说：

"侦办这三起没有发案现场的华人女孩失踪的疑难案件,在没有找到别的侦查途径之前,唯一的办法是'不耻下问'。"

海外华人对于传承中华文化,有着天生的使命感,刘洋凯、陈静美更是其中的佼佼者。

当陈静美听到刘洋凯提起"不耻下问"时,她像背书似的流畅地说:

"这句话出自《论语·公冶长》'敏而好学,不耻下问',意思是不以向学问或地位比自己低的人请教为耻辱,乐于向任何人学习。"

刘洋凯为助手的"敏而好学"感到高兴:"你的理解完全正确!"接着问道,"如果把这句话用在侦查工作上,我们该怎么做?"

陈静美不好意思地笑了,坦然直言:

"小时候,妈妈教我读《论语》,至今我还记得一些,但我是侦查工作的新手,还望大侦探多多赐教!"

刘洋凯理解地点点头,坐到陈静美的对面,亲切地对她说:

"'不耻下问'对于我们当前的工作来说,就是眼观六路,耳听八方,将目光投向'小人物',透过凡人琐事,只言片语,捕捉疑犯的影子。"

"我明白了!"陈静美顿有所悟,"纽约是一座具有多样文化的城市,长久以来,移民一直是促进纽约成长的动力,而移民中又有各种各样的人,我们必须想方设法接近这些人,倾听他们的声音。"

"对呀!"刘洋凯赞道。

陈静美这么快就知道如何将"不耻下问"应用于侦查工作,确实难能可贵。

刘洋凯站起来,略微提高一点语调:

"为了搜集破获案件的线索,获取朱萍等三名华人女孩的信息,我们必须'沉下去',重点地带是朱萍失踪的纽约郊外新村。那里的餐馆、酒楼是人们谈天说地的地方,赌场、土耳其浴室,也可能有'猛料'爆出,我们要以从业人员或客人的身份,深入这些场所。我估计,这次的侦查过程可能是平淡无奇的,我们要适应单调乏味的工作环境,有时还要甘于寂寞,因为不少重要的线索,往往来源于看似不起眼的细小环节……"

太阳还没有从东河上升起来,由一道道乳白色、橘黄色、玫瑰色的光束编织的一把硕大无朋的"折扇",却先已张开,被一只无形的巨手托到天空。晨风轻拂,这把"折扇"喷出神奇的光焰,纽约郊外新村路上的石块被照得闪闪发亮。

陈静美像小鸟一样轻捷地走在石块路上。

她根据刘洋凯的安排,准备到新村一家顾客最多的餐馆当服务生,一边工作,一边搜集破获这起案件的线索。

前面空地上,男孩林家柱、梁大明刚踢完球,林家柱用脚将球勾到手上接住,对梁大明说:"我们今天就踢到这里。"

梁大明意犹未尽:"再踢一会儿吧!"

"再踢球,上学就要迟到了。"

"那好吧,明天再踢。"

两个男孩各自背起书包,离开空地。

陈静美继续往前走。她正好跟两个男孩同路,便观察他俩:

梁大明约十三岁,五官端正,清秀的眉毛上面有一个小伤疤。

林家柱约十二岁,他那绯红的面颊、长长的睫毛、明亮的肌肤,构成了洋娃娃般的脸蛋。

他俩身后,跟着一只高大的黑狗,满身长着乌黑乌黑的毛,没有一点杂色,只是眼睛上面有一撮黄毛,看上去有一种滑稽可笑的感觉。它的小主人梁大明给它起了一个响亮的名字——"德力"。

梁大明对林家柱说:"听说你爸爸最近当上了餐馆经理,走,我们去找他买鸡仔饼吃,那天奶奶给我买了两个,很好吃。"

林家柱停下来,沉吟了一下,说:"这餐馆又不是我爸爸一个人开的,是合资经营。爸爸对我说过,叫我不要找他买东西,要吃什么他买了拿回家。"

"德力"这时把一只爪子停在半空中,望望自己的小主人,又看看小主人的伙伴,两只长耳朵竖得直直的,仿佛想竭力听懂他俩谈话的意思。

"我们给钱嘛,又不是要他白给我们吃;找他,可以不排队。"梁大明吞了一口唾沫。

"噢——"林家柱忽然明白过来了,"你这是想'开后门'呀,我可不干。要吃鸡仔饼,我明天去给你买,今天时间不早了。"

"那……今天吃什么?"

"走,到学校吃早点去。"

"学校的早点我天天吃,都吃腻了。"梁大明摇着头说。

"学校的早点便宜,又容易消化。我们把在外面吃东西的钱省下来,以后买个足球,除了在学校里练足球,在家里也可以练,就不用再踢小皮球了。"

梁大明本来就崇拜他的"小老师",这番话听起来又很有道理,他不再去想吃鸡仔饼的事了。两人头也不回,大步朝学校走去。

"德力"陪着小主人做完"早锻炼",返回主人家去了。

新村餐馆是一家经营葡澳佳肴的餐馆。它的手制餐前面包、马介休球、非洲鸡、红豆猪手、咖喱蟹,很受顾客欢迎,有时要排队进餐。

陈静美来到新村餐馆门口,问一个服务生:"请问,林焕仁经理在吗?"

"林经理有事出去了。你有什么事吗?"

"从报纸上看到你们餐馆招工,我是来应聘的。"

"是的,我们正在招人,不过得等林经理回来。"

"那我就在外面等着。"

"请进来坐吧。"

服务生热情地将陈静美领到大堂内空着的沙发上坐下,并给她倒了一杯咖啡。

陈静美等了好一会儿,林焕仁才回到新村餐馆。

服务生看见他,对陈静美说:"林经理回来了!"

陈静美迎上去跟林焕仁打招呼:"林经理,您好!"

林焕仁:"你是?"

服务生代为回答:"她是来应聘的,等您半天了。"

陈静美观察林焕仁。他三十七八岁,中等身材,面孔白皙,生就两道像女人眉毛那样的弯弯细眉。

林焕仁对陈静美说:"请到办公室谈。"将她带到办公室。

一个月以前,这家葡澳餐馆曾经出现一件怪事。

"问世间,情为何物?"爱情从来就是快乐与痛苦相交织,其间包含爱慕、怜惜、嫉妒……一旦出了乱子,就像烈焰燃烧!

华裔青年白尤伟躺在床上,一边玩着手机,一边回想最近发生的事情。

白尤伟今年二十五岁,身材高挑,相貌英俊,衣着入时,走在大街上,很多女孩都会看他两眼。不过,他的身边并无女伴,总是独来独往。

他当过地盘工人、电器技工、制衣工,现时的工作,是发型师。他下了多年苦功,已经是师傅级人员,很多熟客都指定他做发型。

他以前曾经在感情上受过挫折,因此他不敢轻易再闯情关。他在工余时间多数是看书、玩手机、打电脑游戏。

然而,爱情就如机缘,来的时候便来,去的时候便去,谁也不能阻挡或挽留。

也许是命中注定吧,这天,与白尤伟约好一起饮早茶的同事失约,他离开酒店步行上班时,途经这家新开张的葡澳餐馆,好奇心驱使他进去看看。

"先生,要点什么呢?"

这声音那么甜,像春风吹拂,如清泉流淌。

白尤伟眼前一亮,一张俏嫩的面孔出现在眼前,他顿时呆住了。

他随口要了一杯咖啡,喝了一口,一股暖流从心底升起,弥漫全身。

此刻,白尤伟体会到何谓一见钟情。在两人眼神互触时,他感觉到自己对这女孩情根已种。

接下来的几天,白尤伟成为这家葡澳餐馆的常客,悄悄观察这个可人儿的一举一动。终于,在偶然的机会下,两人正式相识。

"自从见你第一眼后,你的倩影便常留在我脑海中,无论晨昏,无论工作还是休息,我时刻都忘不了你……"

经过一段时间的相处,白尤伟终于对这个可人儿表达了自己的爱意。

她叫金玉姬,韩裔,刚满十八岁。白尤伟比她大七岁,懂得怎样去关怀呵护她。金玉姬也深深体会到被爱的幸福,两人很快坠入爱河,日子过得像诗篇一样美丽。

让白尤伟万万没有想到的是,那天餐馆里来了一个白人青年,金玉姬接待他,进餐完毕,金玉姬礼貌地送他到店门口,此后却再也没有回来!

葡澳餐馆门口,来往行人摩肩接踵,这时挤进来一个衣着华丽、体态丰满的年轻女人。她是林焕仁的妻子袁美娥。

她大模大样地走到供应点。

服务生讨好地问:"老板娘,您来点什么?"

"今天的菜肴要跟昨天的不一样,你给我推荐吧!"

"今天的非洲鸡做得很好,以它为主菜,外加老婆饼、肉切酥,再来一碗猪排面。您看怎样?"

袁美娥莞尔一笑:"就照你说的办。"

服务生用一托盘将上述菜点递给袁美娥。

"谢谢。"袁美娥接过托盘,"账记在你们经理的名下。"

服务生眨眨眼睛:"那还用说!"

袁美娥端着托盘走到墙角的一张餐桌边。

陈静美已被林焕仁录用。她穿上工作服,在店堂里忙碌起来。

她看见袁美娥在那张餐桌前坐下。

餐桌的另一边,已经有一个上了年纪的男人坐在那里,他一边喝酒,一边吃着非洲鸡。

陈静美看了那个男人一眼。他大约五十五岁,身材瘦长,面孔干瘪,额上刻有几道很深的皱纹,深陷的眼窝里,露出咄咄逼人的目光,仿佛能够窥见人们的凶吉祸福,尖尖的嘴巴,经常吐出动听的言辞,使人们听起来心悦诚服。他就是在这一带开业的星相术士张铁嘴。

袁美娥与这个算命先生打招呼:"张铁嘴,不知是我好吃,还是你好吃,这几天总在这里碰到你!"

张铁嘴用慢悠悠的腔调说:

"既不是你好吃,也不是我好吃,是这家餐馆的特色菜肴好吃!就拿这个非洲鸡来说,它融合了葡萄牙、非洲、东南亚香料,用椰蓉、大蒜、橄榄油腌制后再烧烤,是正宗的葡澳名菜!"

袁美娥问:"张铁嘴,这烧鸡为什么叫非洲鸡?"

"葡萄牙是欧洲最先开始航海冒险的国家,先后在美洲、非洲、亚洲各地建立贸易经商的据点,发明了融合葡萄牙、非洲、亚洲等地特点的这种烧鸡,命名为非洲鸡。"

"难怪非洲鸡香味浓郁,吃了回味无穷。"

张铁嘴赞赏地说道:"能吃上这么好的非洲鸡,我不得不钦佩你的老公林焕仁。"

"为什么钦佩他?"

张铁嘴回忆道:"当初他从北马里亚纳群岛来到纽约的时候,对厨艺一窍不通,如今不仅成为制作葡澳佳肴的名厨,还与人合伙开了这么一家特色菜馆。"

"张铁嘴,林焕仁告诉我,他是从檀香山来的,你怎么说他来自北马里亚纳群岛?"

袁美娥的问话,引起陈静美的注意。

张铁嘴慢腾腾地说:"我有个亲戚是跟你老公林焕仁一起来纽约的,两人确确实实是从北马里亚纳群岛来的。"

歌舞演员林幺妹今天休息,回到自己的家里。

她是林焕仁的妹妹。海外华人继承了祖先助人为乐的传统,积极参与国际救援活动,敢为人先,绝不落后。林幺妹的男友张云飞是一位中国留学生,刚毕业就作为志愿者跟随人道主义救援组织,到一个饱受战乱的国家参加救援工作。

林幺妹拿出手机,打开张云飞上次发来的信息,又一次读起来:

大洋那边,

弥漫硝烟,

战斗惨烈,

杀声震天。

救助受难兄弟,

不怕路途艰险,

身在异国他乡,

时时把你怀念,

你是我的曙光,

鼓舞我勇往直前！
……

袁美娥抬了抬腕子，做了个看手表的姿势，可是目光并没有落在表盘上。

她是这一带时间"最多"的人，根本不在乎时间过去了多少。她继承了父亲的房产，除了自己居住，还用来出租，收取租金。她的儿子林家柱白天在学校里读书、打球，晚上在家里看书、做作业，她根本不用管；家务事——衣服由丈夫用洗衣机洗，饭菜由丈夫从餐馆里带回来。她只有一道"难题"：时间怎么消磨？"别人愁没有饭吃，我愁怎么好玩"——这是她常说的一句话。

张铁嘴离开后，新村诊所的邹明祥端着猪仔包和菊蜜水走过来。

邹明祥是袁美娥出租房新来的房客，她同他虽然相识，但没有什么交往，也没有留下深刻印象。人们都叫他医生，但他其实是个药剂师。他今天上身穿的是中山装，下身穿的是一条西装裤，这种中西合璧的穿法，使这个颧骨高耸、嘴唇单薄的中年人一下子显得年轻了，因而引起了袁美娥的注意。

邹明祥向女房东点点头后，便斯斯文文地吃着猪仔包，没有跟她说话。

袁美娥打破沉默："邹医生，你今天没有上班？"

"嗯，"邹明祥停顿了一下，等将猪仔包吞下去后说，"今天我休息。"

他抬起眼皮看看袁美娥。她今年已经三十出头,看上去却只有二十多岁。微胖的脸蛋珠圆玉润,浅浅的酒窝十分动人,眼睛虽然不算大,但由于瞳仁乌黑明亮,显得格外有神。她的营养良好,身材健美,生下独生子后没有担负哺乳任务,胸脯在上衣里面绷得紧紧的。

袁美娥觉得邹明祥是个神秘人物,自他搬到自己家的楼上以来,她从来没有见到有人找过他,他总是一个人,回到家里就关上房门待在里面,不知道搞些什么名堂。她想跟他谈谈,看能不能从中了解一部分"奥秘"。

"邹医生,你搬到我们这里快一个月了,家眷怎么还没有来呀?"袁美娥试探地问道。

"我哪有什么家眷!"邹明祥淡淡一笑。

袁美娥的眼睛里闪出惊异的亮光:"你这个搞医学的,难道还抱什么'独身主义'不成?"

"我并不想抱'独身主义',是现实生活叫我独身。"

"那……是什么原因呢?"

"一言……难尽。"

"邹医生,我听人说过:妻子是丈夫青年时代的恋人,中年时代的伴侣,老年时代的看护者。你同意这种说法吗?"

"这话嘛……我当然同意。"

"那么,邹医生,你已到了中年时代,总得找个伴侣呀!"

邹明祥叹了一口气,用低沉的声音说:"我已经是一个老僧入定、心如止水的人了,这种事情就算了吧!"

袁美娥的瞳仁闪动了一下:"男婚女嫁是人生的大事,你怎么'算了'呢?"

邹明祥感慨道:"月不常圆花易落,一生惆怅为伊多!"

袁美娥虽然不怎么懂得这句话的意义,但看着邹明祥此刻怅然若失的表情,明白这个男子曾经在婚姻恋爱上走过了坎坷的道路。

袁美娥吃完猪排面,把空碗推到一边,看了邹明祥一眼,说:"医生的职业是高尚的,我就不相信你找不到对象。"

"是的,人们一般都比较尊敬医生,但有谁瞧得起我这个小诊所的药剂师呢?"

袁美娥试探性地问:"这里有脱衣舞夜总会、无上装酒吧、土耳其浴室,难道你不去玩玩?"

"我从来不去那种地方。"

"布鲁克林的亨茨·庞特呢?"袁美娥又问。

亨茨·庞特被称为"纽约城红灯区",是妓女、老鸨、毒贩、瘾君子聚集之地。

"那我更不会去!"邹明祥断然答道。

袁美娥看到邹明祥在说了这几句话以后,又旁若无人地、静静地吃着盘中最后一个猪仔包,猛然觉得这个人身上,充满了真正的男性气质,不像自己的丈夫林焕仁——生就两道像女人眉毛那样的弯弯细眉,一天到晚婆婆妈妈的。她想,同这样有男性气质的人打交道,一定很有乐趣。

"邹医生,如果我愿意给你帮忙,介绍一个瞧得起你的人给你做女朋友,你该不会拒绝吧?"

"真的?"邹明祥暗淡的眼睛,突然充盈了亮光,"袁……师奶,"他不知怎么称呼袁美娥,就用这个通称,"如果有这么好的恩遇,我感激都来不及,怎么会拒绝呢!"

"那你要些什么条件呢?"

"袁师奶,您看着办好了。"

袁美娥站起来,显得胸有成竹:"邹医生,我给你介绍的女朋友,可能各方面的条件同我差不多。"

邹明祥迷惘地看着袁美娥,一时不知所措。

袁美娥掏出手机,目光投向屏幕上显示的时间:"不早了,'一朵云''小包车'她们在等我打牌哩。回头见!"

她扭动腰肢,向门口走去。走了几步,她回眸一笑,洒脱大方地说:"邹医生,很快就会有好消息的,你等着吧!"

"那……那我就敬候佳音。"

邹明祥茫然地站在那里。

正在忙活的陈静美,注意到这位中年人和袁美娥的谈话。

林幺妹打开手机,重读张云飞发来的信息,被他的英勇气概所感染,激动的心情如春潮滚滚。但他已有多天没有打电话来,林幺妹焦急地盼望着。

突然,手机铃声响了,林幺妹立即接听。

可是,打电话的人不是张云飞,而是人道主义救援组织。

一个低沉的声音在电话里说:

"张云飞先生在战斗现场背伤员,不幸身受重伤,经抢救无效,牺牲了……"

仿佛五雷轰顶,林幺妹顿时觉得天旋地转,眼前发黑,差点晕倒。

第四章　韩裔女孩

在佛罗里达州北部冲积平原上发现的少女尸体,通过报纸、电视、网络发布消息,经过亲属辨认,确定她是在纽约郊外葡澳餐馆打工的韩裔少女金玉姬。

金玉姬的男友、华裔青年白尤伟,向刘洋凯讲述同金玉姬交往的经过。

当白尤伟谈到金玉姬因送那个白人青年走出店门而失踪时,刘洋凯问:"你当时在葡澳餐馆吗?"

"在,"白尤伟答道,"自从跟金玉姬相好后,我就成了这家餐馆的常客。"

"你看清那个白人青年的长相了吗?"

"没有看到。我坐在他的后面,只看到他的背影。"

"葡澳餐馆有监控录像吗?"

"我事后找过餐馆经理林焕仁,他说没有。要是餐馆有那个白人青年的录像,他逃到天涯海角,我也要去找他,杀死他!"白尤伟咬牙切齿地说。

　　望着白尤伟愤怒的面孔,刘洋凯感同身受。如果抓到那个先后绑架三名中国年轻女孩的犯罪嫌疑人,刘洋凯也想痛打他一顿。

　　等白尤伟平静下来以后,刘洋凯问:"你回忆一下,当时店堂里还有没有你认识的人?如果有,他们是否对那个白人青年有印象?"

　　白尤伟思索片刻,然后说道:"我一时记不起来,容我再想一想,等我记起来了,一定告诉你。"

　　陈静美从葡澳餐馆下班后,回到侦探公司,向刘洋凯讲述她在餐馆打工获知的情况。她说:

　　"有个叫邹明祥的中年人,在新村诊所当药剂师,租住餐馆经理林焕仁妻子袁美娥的房子。袁美娥似乎对他有好感,准备给他介绍女朋友。"

　　刘洋凯听了,笑了一下,没有说什么。

　　陈静美又说:"林焕仁自称是从檀香山到纽约来的,但是星相术士张铁嘴却说他来自北马里亚纳群岛。"

　　这个情况倒引起刘洋凯的注意。他沉吟片刻,说:

　　"北马里亚纳群岛是美国在西太平洋的属地,共有15个岛屿,其中最大的岛屿是塞班岛,有10个无人居住的岛屿。塞班岛有一所特工学校。从塞班岛出来的人,有的受过特工训练,但更多的是普通人。"

刘洋凯告诉陈静美，在佛罗里达州北部冲积平原上发现的死者证实是韩裔少女金玉姬以后，他找到金玉姬的男友白尤伟，了解到金玉姬是在她打工的葡澳餐馆送走客人后失踪的。

"这么说，我到葡澳餐馆'打工'是对了，至少在茫茫人海中找到了一条可以寻找嫌疑人的路子！"陈静美喜形于色。

"对！"刘洋凯鼓励道，"盯紧点！"

纽约郊区葡澳餐馆，是韩裔少女金玉姬打工的地方，她在那里送一个白人顾客出门时失踪。这位韩裔少女有个同乡，叫金素敏，她曾经同几位韩国青年组成一个小型乐队，在餐馆和夜总会讨生活。

金素敏长得很漂亮，又能歌善舞，在餐馆和夜总会演唱，颇为叫座，收入好时，每月可赚美钞几千元，风光过一阵子。

可惜好景不长，因为乐队人少，设备也差，在变不出新花样、推不出新节目的情况下，乐队只好解散。

乐队解散了，金素敏别无谋生的门路，她只好靠过去歌舞表演时所结交的关系，到绿鸟快餐店打工。

金素敏在这家餐馆担任出纳兼外卖的工作。所谓"外卖"，是客人订购，不在餐馆食用，用纸盒包装好带走的餐点。她一人兼两份工作，算是餐馆经理对她的器重。

因而，有的人说她做了餐馆经理的一名情妇，有的人说她顺从了几位觊觎者的需要，但多数人为金素敏抱不平，而她本人，则装作若无其事。

　　生活在异国他乡,在餐馆打工,周旋于三教九流之中,一个如花似玉却身份卑微的弱女子,金素敏所受的骚扰和委屈,是可想而知的。

　　人在屋檐下,不得不低头。

　　金素敏每天就是这样低着头在餐馆出卖廉价的劳动力,打工度日,但求平安无事,过一天算一天。

　　很多姿色比金素敏差得多的女孩,每天晚上当"阻街女郎",赚得多出金素敏十倍乃至几十倍的轻松钱,可是,金素敏却没有这样做。

　　她每天采取低姿态,抱着忍耐的人生哲学,在餐馆勤奋工作,有着过人的意志和适应环境的能力。

　　然而,这天,不幸事件发生了!

　　厨房的领班朴仁均,平日就喜欢找金素敏的麻烦,偏偏金素敏的工作又和他交集颇多,想躲也躲不掉。

　　金素敏负责外卖,每当接到客人的订单时,按例都交由朴仁均分派给厨师调理,备妥以后,按电铃通知金素敏到厨房取出,交给客人。

　　不知朴仁均为什么跟金素敏有过节,他经常为难金素敏,例如积压订单,或者故意按铃让金素敏空跑。

　　朴仁均天性粗野,平时就对金素敏恶语相向,今天更是变本加厉。

　　今天是发薪水的日子,餐馆的生意特别好,连带着外卖的客人也特别多。

　　朴仁均昨晚通宵打牌输了钱,精神不好,火气更大。

当金素敏把一沓沓订单送进厨房,又一次次催着朴仁均把菜炒好时,朴仁均满肚子的无名怒火,终于发向了金素敏。

"你催什么?你催什么?不给你炒,把订单退回去!"

朴仁均站在火炉前,扬起锅铲,对金素敏怒吼。

一时,金素敏错愕,不知如何是好。

"出去!出去!不要到厨房来,不准你到厨房来!"

朴仁均见金素敏呆站着,离开炉灶,挥动锅铲,驱赶金素敏。

"你这个人怎么搞的?我又没有得罪你,客人在催,老板在骂,我也是不得已的呀!"

金素敏见朴仁均怒气冲冲,急忙辩解。

"不跟你啰唆,你以为自己长得漂亮,老子偏偏就看你不顺眼!你快滚,免得我发火!"

"我没有以为自己漂亮啊!我负责外卖,请你大师傅炒菜,我怎么是来惹你发火的?"

金素敏继续分辩着。

"叫你滚!你还啰唆个没完?"

没有想到金素敏敢辩解,朴仁均火冒三丈,他放下锅铲,端起一盘炒好的青菜,不由分说就往金素敏身上泼。

紧接着,朴仁均又泼了一盘。

"你!你野蛮!专门欺负我!"

刹那间,金素敏全身沾满了菜肴,一身漂亮的衣裙被污染得油水狼藉。她再也忍不住了，直言朴仁均野蛮。

"你敢骂我？我就要欺负你怎么样？"

朴仁均指着金素敏的鼻子吼道。

"我，我跟你拼了！"

金素敏也不甘示弱，一反平日的温柔，也端起一盘又一盘的菜肴，连同盘子一起砸向朴仁均。

可是，朴仁均机警，一盘一盘菜都被他躲开了。

"你想跟我拼？来呀！"

朴仁均躲开了金素敏掷过来的菜盘，望着她冷笑，拿起一把水瓢，转身走到馊水桶前，舀起一大瓢馊水，迎头泼向金素敏。

紧接着又是一大瓢。

金素敏冷不防被馊水淋得像一只落汤鸡。她顾不得满身脏臭，也不畏强暴，只见她奋勇向前，猛地拿起一把菜刀，边骂边砍向朴仁均。

金素敏毕竟是一个弱女子，五大三粗的朴仁均一把捉住她举刀的手，轻易地夺下了刀。

"啊！救命啊，杀人了！"

刀被朴仁均夺下，手又被他捉住，金素敏惊惶地高呼救命……

白尤伟终于想起来了，他的女友金玉姬因将一位白人顾客送出店外而失踪的那天，金玉姬的同乡金素敏正好来店里看望她，金素敏可能见过那个白人顾客。

白尤伟立即掏出手机,拨打刘洋凯的电话,将这个情况告诉他。

然而,当刘洋凯经过一番周折找到金素敏的时候,她却因被朴仁均用菜刀砍杀,躺在医院的重症病房奄奄一息。

金素敏在弥留之际,对刘洋凯问到的那天金玉姬送走的那个白人顾客,她断断续续地说:

"我认识那个白人顾客……他叫保罗……中文说得很好……大家都叫他阿宝……他在纽约郊区一家药厂工作……"

刘洋凯追问这家药厂在纽约郊区的什么地方,但这位善良美丽的韩裔姑娘已香消玉殒……

第五章　血液试验

金素敏没有说出地点的那家药厂,在纽约郊外新村附近的一座中世纪风格、名叫"鲁姆莱特"的古建筑里,当地华人称那个古建筑为"鲁家大院"。

这座大院从外表看,无人居住,废弃已久,每当从东河上吹来的风刮进锈迹斑斑的大门,掠过杂草丛生的屋顶,窜入腐朽松脱的百叶窗,发出凄厉的呜呜声,都仿佛在诉说老宅的空灵和荒凉。

然而,大院里面却另有乾坤。穿过陈列红木桌椅的客厅,进入摆满古籍的书房,可以看到放有一盆文石的书桌;书桌下面,就是地下室的入口。鲁家大院有多大,它的地下室就有多大。

地下室内灯光明亮,墙壁粉白,设备齐全,既像现代化的工厂车间,更像研究所的实验室。十几个身穿白大褂的女孩,在仪器旁操作着。她们吃住都在这里,星期天也不休息。

地下室内的办公室里,两男一女三个华人坐在台灯旁谈话。灯影遮住了其中一男一女的脸;那个被灯光照亮的眉毛短粗、眼睛突出的中年男人,名叫祁厚之,是这家地下工厂的副厂长兼工程师。

祁厚之对那女人说:"董事长,我们这里最近开了一家葡澳餐馆,我和厂长都学会了做葡澳菜。今天开完会,我和厂长准备给您做一道最有代表性的葡澳菜——非洲鸡。"

被祁厚之称为"厂长"的男人随声附和:"对!请董事长品尝品尝。"

"下次再欣赏你们的厨艺,"被称为"董事长"的女人说,"今天抓紧时间谈工作。"

祁厚之、"厂长"正襟危坐,等待"董事长"的指示。

"董事长"说:"总公司认为,你们上一次研制特殊药品的项目已完美收官,决定将一笔更大的生意交给你们做。"

"什么大生意?""厂长"问。

"董事长可否透点风?"祁厚之说。

"当然可以。我今天就是为此而来的。"

"厂长"走到门边,检查门是否关紧。

"董事长"悠悠地说:"血液维持人的生命,能使血液年轻,人就能永葆青春。我们的项目,是名为'青春之泉'的血液研究项目。"

"厂长"、祁厚之仔细聆听。

"董事长"最后指示道:"你们的任务,是研究如何使血液更年轻。"

"厂长"、祁厚之站起来:"坚决完成任务!"

"董事长"摆摆手，示意二人坐下，随即问道："哪家制药厂在研究抗衰老药？"

"九千年制药厂。"祁厚之答道，"厂长叫鲁业平，他主持研究了一种代号为'B.Q.'的抗衰老口服液。"

"能不能搞到'B.Q.'的配方？""董事长"问，"将'B.Q.'的抗衰老成分，加在我们研究的血液里面，一定会事半功倍！"

"鲁业平行事谨慎，恐怕很难搞到抗衰老药'B.Q.'的配方。"祁厚之摇着头说。

"我认识鲁业平的小舅子李金庭，他是九千年制药厂的技术科长，我看可以通过他搞到'B.Q.'的配方。""厂长"很有信心。

纽约唐人街熙熙攘攘，挤满游客。不仅街道上面生意兴隆，街道下面也绝不萧条，大多数地下室都派上了用场。从人行道边的阶梯拾级而下，可以进入一家家理发店、洗衣店及赌场。

唐人街赌场不分昼夜营业。其中莫特街的一家地下赌场规模很大，通道密布，像巨大的蚂蚁窝。这里只有华人和其他亚洲人，见不到白人、黑人。

九千年药厂厂长的小舅子李金庭在这家赌场输得一干二净，垂头丧气离开赌桌时，戴着墨镜的"厂长"迎上去，惊讶地说：

"李科长，你怎么在这里！这可不是你应该来的地方。"

李金庭勉强挤出一点笑容，答道：

"我怎么不能来这里？你赫赫有名的厂长,不也来到这个地下室吗？"

"你应该到拉斯维加斯的豪华赌场去玩。"

"厂长"将李金庭拉到墙边的靠背椅上坐下,递给他一支名牌香烟,李金庭将它叼在嘴边。

"厂长"掏出打火机,将烟点燃。

"李科长,最近工作忙吗？"

"厂长,别笑话我,我们厂里的人都知道,是鲁业平怀念我已故的姐姐,给了我这个技术科长的位置,但实际工作由副科长管。"

"'B.Q.'的生产也由副科长管？"

"就这个项目由我管。因为配方保密,姐夫让我全权负责。"

"那就很不错嘛！你的奖金一定不少！"

"厂长"拍拍李金庭的口袋。

"再多的奖金也不够花呀！"李金庭掏出干瘪的钱包,"刚才我赌输了,连赶本的钱都没有。"

"这个好办,""厂长"将一叠崭新的美钞塞给李金庭,"走,我陪你去赌一把,把输的钱都赢回来！"拉着他返回牌桌。

几小时后,李金庭离开莫特街那家地下赌场,得意扬扬地跟"厂长"一起回到街面上。多亏"厂长"提供赌资,他不仅赶回本,而且翻了几番。他正要向"厂长"表示感谢时,"厂长"突然拿出一串钥匙,轻声对他说：

"李科长，这是梯西花园那幢蓝楼的钥匙，你先过去休息一下，艾琳小姐随后就到。"

见"厂长"不仅慷慨解囊，还提供美女，李金庭不禁说道：

"厂长，你这样厚待我，真叫人过意不去。"

"老朋友之间别说这种话，""厂长"将钥匙塞进李金庭的口袋，"我们是老朋友了，帮你一下是应该的。不过，艾琳小姐可能有事找你。"

"什么事？"

"我也不清楚。""厂长"催促道，"李科长，你快去梯西花园吧！"

纽约曼哈顿梯西花园，是富家子弟出没的地方。李金庭一眼就看到那幢蓝色小楼，庭院里的垂柳轻轻摇曳，像是在欢迎他到来。李金庭用"厂长"给的钥匙开门进屋。

豪华的房间窗明几净，一尘不染，中式红木家具古色古香，伊朗地毯猩红鲜亮，楠木制作的双人床散发着清新的木香，叠得整整齐齐的丝绒被，摆在手工编织的菊花床罩上。

李金庭走进浴室，在锡制的浴缸里放满热水，洒下花露精，全身浸泡在水中。他在丝质毛巾上涂擦名贵香皂，慢慢搓洗身体的各个部位。花露精和香皂发出的浓郁芳香，弥漫在整个浴室里。

温馨的氛围令李金庭陶醉，他微闭着眼睛，嘴里呢呢喃喃地哼着小曲。

李金庭洗完澡,裹着浴巾走出浴室。

有人按门铃。

李金庭开门。

艾琳如约而至。

她是白人,二十出头,蓝色的眼睛,清秀的额头,脸颊上有一对酒窝,富有弹性的胸脯隔着衣服向前高耸着。

李金庭劈头问道:"艾琳小姐,听厂长说,你有事找我?"

艾琳小姐关好房门,以优雅的姿态脱下外衣,从容不迫地说:"是有件事情,待会儿再讲。"

"不,你现在就说,"李金庭催促道,"不然我心里不踏实。"

"李科长,我哥哥乔治最近失业了,你能不能帮忙安排一下工作?"

"他是干什么的?"

"他学的药学专业,在一家小制药厂当技术员,那家工厂倒闭了。"

"这件事好办。我们技术科正缺人才,让乔治明天到九千年制药厂找我。"

"此话当真?"

"说一不二!"

李金庭有个癖好:喜欢自己动手脱女方的衣服。艾琳积极配合,任由李金庭将自己身上的衣服一件件脱去,直至一丝不挂……

不久后,"厂长"向"董事长"报告,艾琳已将李金庭搞定,乔治进入九千年制药厂技术科当助理工程师,相信不要多久就可以拿到"B.Q."配方。血液研究项目已全面展开。

"董事长"听后,面露喜色,对"厂长"和祁厚之说:"你们的工作态度很积极,总公司给予表彰,每人晋升一级!"

两人站起来,同声说道:"感谢总公司关怀,多亏董事长提携!"

"董事长":"不要搞那一套,坐下。"

"厂长"坐下后,对"董事长"说:"厚之作为主管生产的副厂长兼工程师,对血液研究工作抓得很紧,已有一个多月没有离开工厂。"

"忠诚勤恪为总公司工作,是我的本分。"

祁厚之窥视"董事长",想看看她对这句话的反应,可是她将身子靠在墙角,脸庞完全隐藏在暗影中,连五官都看不清楚,怎能知道她的表情?

"厂长"继续说:"尤其难能可贵的是,与时下的工厂老板把厂里的女工当'下饭菜'完全不同,厚之从来不吃'窝边草',对年轻漂亮的女工连指头都没有动过。这树立了厂领导的正派形象,保证了工厂的生产正常、有序地进行。"

我哪里敢?——祁厚之在心里说——我要是那样,早被你这个杀人不眨眼的上司一枪崩了!

"董事长"问:"祁厚之先生,我能问你一个问题吗?"

"我愿意回答董事长的任何问题。"祁厚之躬了躬身子。

"作为一个健康男人,你有生理需要时如何解决?"

祁厚之干笑了两声:"我就到土耳其浴室去洗个澡。"

"董事长"表示理解地点点头。

"厂长"补充道:"厚之很有节制,隔一两个月才去一次。"

沉默了一会,"董事长"提醒道:"还要考虑一下,这段时间,我们在工作中有失误——哪怕是微小的失误没有?"

"厂长"断然回答:"我们做得天衣无缝,没有失误!"

祁厚之说:"我听阿宝说,他那天夜晚在新村'采购'到一个名叫朱萍的留学生,条件很好,完全符合血液研究的要求。只是背着她走进巷子时,被一个在卫生间小解的男孩看见,可能留下了隐患。"

"董事长"看了"厂长"一眼,意思是,如何消除隐患?

"厂长"迟疑了一下,说:"这件事由我来协调处理。"

第六章　地下赌场

金素敏不幸去世，好不容易得来的线索中断，刘洋凯只好将白人青年保罗的中文名叫阿宝的信息告诉华人警员王宏彬，让他帮忙查找此人，自己则根据原定的"沉下去"的工作方法，来到当地那家规模很大的地下赌场。赌场的空气里弥漫着香烟味和人体气味，赌客们在椭圆赌台周围坐定。每个人的神经都亢奋不已，贪婪、恐惧和期望交织在一起，给赌场罩上了紧张不安的氛围。

赌场领班见来了一位新客人，迎上去说："先生您好！"

刘洋凯颔首示意，没有说话。

领班打开通往赌台的闸门链条，把刘洋凯领到赌台边；一位招待员立即为他拉出一把椅子。

刘洋凯坐下来，用表示"你好"的目光扫视了先到的各位赌友，然后掏出香烟盒和打火机，放在绿呢布台面上。

招待员立刻为他拿来了一只烟灰缸，用布擦拭干净，放在刘洋凯身旁。

刘洋凯点燃一支烟,吸了一口,向空中吐出烟圈,舒适地靠在椅背上。

赌场今天玩的是轮盘赌,如果赌客押的数字跟象牙球停下来时所指槽沟中的数字相符,就算赢,否则算输。转轮的每一次旋转以及象牙球每次嵌入的字码槽,都跟上一次的数码毫无关系。刘洋凯的数学根底很深,进赌场前又特地研读了博弈论,他通过玩轮盘赌一小时的实践,结合查看今天各盘中奖的情况,发现凡是第三组字码都不走运,于是在第一、二两组字码中选择相关数字下注,结果,象牙球连掷十次,他七次都押对了,成为一号赌台的风云人物!

每当刘洋凯赌运亨通之时,总有一两位赌客紧紧跟着他下注。其中有一位坐在刘洋凯斜对面,三十七八岁,脸颊宽阔,额头前倾。他因为仿效刘洋凯下注得到甜头,显得十分高兴,不时冲着刘洋凯点头微笑,表达谢意。

刘洋凯离开赌台稍事休息时,他也跟着走过来,对刘洋凯说:"鄙人姓魏,单名良。请问先生贵姓?"

刘洋凯答道:"我姓刘。"

魏良感激地一笑:"今天跟着刘先生下注,沾光不少,想请先生洗个澡,聊表谢意。"

"洗澡?"刘洋凯眉毛一扬,"这也可以成为请客的方式?"

"不是洗普通的澡,是到土耳其浴室洗'那种'澡。"

刘洋凯笑道:"我正想洗那种澡,可是不得其门而入。"

"我可是识途老马,"魏良扬扬得意,"愿为刘先生效劳!"

林幺妹斜倚在床上沉沉睡去。

她的男友张云飞过早地离开人世,林幺妹在现实中再也见不到他了,但是在梦境中,林幺妹经常同他见面。俗话说,人逢喜事精神爽,遇到愁事瞌睡多,此刻,林幺妹又迷迷糊糊地睡着了……

林幺妹看到的张云飞不是那个面颊通红、眉毛浓黑、牙齿雪白的小伙子,而是一个脸色晦涩,神情沮丧的人。她心疼了,因为常读文学作品,忽然来了诗情,心情非常激动地说道:

"云飞,那天你离去以后,天气突变,狂风大作,电闪雷鸣,大地一片昏黑。我望着窗外,大雨瓢泼似地下着,激流吞没了小径,平地变成了汪洋。我的心也随着风雨飞到了你身旁,在那充满泥泞和污水的艰难道路上,我伴随着你冒雨跋涉,高歌奋进!云飞,当时你感受到了吗?"

"我……我当然会感受到的。"张云飞有点心不在焉。

林幺妹没有察觉到这一点,仍然充满深情地说:"那天,大雨哗哗地淋湿了你的衣裳,也同时唰唰地冲击着我的心房。在风雨中,两颗心紧紧相连,变成了一颗赤诚的红心;这颗红心,同时搏动着两腔血液……"

张云飞被林幺妹的热情感染,凝望着她。

林幺妹比张云飞小两岁,可是看起来仍然像一个中学生,她的身上混杂着天真无邪和妩媚娇艳的味道。在她那略微带点倾斜的眼眶里,流动着一对依然顽皮的、又大又黑水汪汪的眼睛;而她那圆润的颈项,丰腴的双臂,却显示出身体的发育已经完全成熟。

张云飞看着林幺妹婀娜多姿的体态,美感和喜悦浮上的心头,沮丧的情绪消退了。他也爱好文学,在美国留学选修英美文学,他用诉衷肠的语言说道:

"你有端庄美丽的容貌,健壮结实的体魄,活泼开朗的性格,就像天上的织女!"

"不,我不愿做天上的织女,"林幺妹啐了男友一口,"织女和牛郎一年只能见一次面,我要和你常年相伴!"

张云飞连忙改口:"你不是天上织女,是人间美女!"

林幺妹又说:"云飞,你那次发信息把我俩的感情比作'萍水相依',我认为这个比喻不恰当,甚至有点不吉利。因为浮萍和流水之间,没有牢固可靠的联系,你必须重新打个比喻。"

张云飞沉吟片刻,说:"萍水那堪比,我喻花与叶。叶伴花,花随叶,红花绿叶常相依;花要叶,叶配花,绿叶丛里花更艳。花红更显叶繁盛,叶绿衬花永芳菲。"

林幺妹当即回应道:"我爱你的心,像高山松柏永常青;我爱你的意,像东河流水永不息……"

可是,张云飞像电影里的"化出",突然不见了!

林幺妹喊道:"云飞,云飞……"

林幺妹从梦中醒来,怅然若失地坐在床上。

宁静的小路上传来"哒哒哒"的脚步声。林幺妹凭窗远眺,看见侄子林家柱朝这里走来,手里还提着一个饭盒。

林幺妹知道,侄子家柱为了挤出更多的时间练足球,在学校草草吃了午饭就抓紧做功课,中午一般是不回家的;哥哥焕仁,因中午是餐馆最忙的时间,根本就不能回家;而嫂子袁美娥,中午懒得做饭,就干脆到餐馆去吃一餐;所以,在中午这段时间内,家里一般是没有人的。今天家柱提着饭盒赶回家,准是看到自己从昨天下午到现在都没有吃饭,特地给自己送饭来了。

林幺妹不禁默默想道:"多好的侄子啊!"

她准备下楼开门,却见家柱从脖子上摘下钥匙,就没有起身。

林家柱以为姑姑还在睡觉,轻轻打开屋门,又悄悄将门掩上,不声不响地绕过厨房,蹑手蹑脚地走上楼梯。

林家柱考虑如果姑姑醒着,就要"强迫"她把饭吃下去;如果姑姑睡着,就不喊醒她,他特地从草稿本上撕下一张纸,在纸的背面写了几句话,并把纸贴在饭盒上。

林幺妹打开房门,迎上去故意问道:"家柱,你中午一向是不回家的,今天中午回来干什么呀?"

"喏。"林家柱提着饭盒向上扬了扬,微微一笑。

他看到姑姑醒着,本当把贴在饭盒上的字条撕下来扔掉,可这时忽然灵机一动,为了加重"强迫姑姑吃饭"的分量,他把字条从饭盒上揭下来,连同饭盒一起递给姑姑,说:"姑姑,我知道你一天没有吃饭了,这可不行啊!"

林幺妹一手接过字条,一手拿着饭盒。字条上面写着:

姑姑:
人是铁,饭是钢。我要强迫您把它吃下去!

家柱

林幺妹看着看着,不禁扑哧一笑,连声说道:"好哇家柱,你倒会做动员工作哩!行,我吃,我吃。只是我吃不下那么多。"

林幺妹喜欢侄子写的娟秀端庄的字,就顺手把字条夹在床头的一本厚书里。

"吃一半也行啊!"林家柱睁大眼睛望着姑姑。

在林幺妹的家庭成员中,哥哥给林幺妹的印象是"终日忙碌",嫂子给她的印象,无论怎么说也总有那么一点"好吃懒做"的味道,因而她的家庭之"爱",就集中在这个聪明伶俐的侄子身上,何况他对自己又是这样的亲近!因此尽管不想吃饭,她还是打开了饭盒。饭盒里装的是皮薄、个大、馅儿鲜的云吞——这是林幺妹最爱吃的。

林幺妹吃了一个云吞,感激地望着侄子,问:"家柱,是爸爸让你端回来的吗?"

林家柱迟疑了一下,说:"我看到爸爸的工作太忙,一放学就到店里去提醒他。云吞是他给你买的。"

林幺妹看到这个侄子比亲哥哥还要关心自己,眼里噙着泪花:"家柱,你真好!"

林家柱:"我明天中午再给姑姑端一碗回来。"

林家柱的脸上,闪现了一个天真的笑容。

第七章　健美舞男

　　昨天,袁美娥在"一朵云"家里,同"小包车""八卦肉"等几个牌友用扑克牌"打梭",深夜才回家,一觉睡到今天上午十点钟方醒。

　　袁美娥的房子有两层,楼上楼下各有两间房。楼上前房租给邹明祥,楼下前房原住的房客刚搬走,房间还空着。楼上楼下的两间后房由袁美娥家里人居住,夫妻俩同小孩住楼下后房,林幺妹平时上班演出不回家,休息回来就住楼上后房。她今天一早又演出去了。

　　两家人中,邹明祥是单身汉,袁美娥家的人口不多,所以这幢房屋通常都比较安静,尤其白天里,因人们上班、上学,更是寂然无声。袁美娥喜欢这个大白天也十分幽静的环境,这对她夜晚尽情玩乐,白天睡大觉是适宜的。

　　此刻她躺在床上,揉了揉惺忪的睡眼,伸了伸因蜷曲时间长了感到发酸的双腿,却并没有起床的打算。

　　过了一会,从头顶的木楼板上传来脚步声。

　　"妹妹上班去了,是谁在楼上走动？是邹明祥！他怎么大白天在家里呢?"

一个异样的念头立刻浮现在袁美娥的脑际。

她一骨碌翻身下床,匆匆洗漱完毕,穿上一条长裤,却让睡觉时穿的那件开领衫继续留在身上,外面也没有套上衣服。

楼梯就在袁美娥的房门口。她等到邹明祥下了两步楼梯,赶紧走出去,迎着他嫣然一笑,问道:

"邹医生,你怎么白天在家里呀?"

邹明祥一怔,停住了脚步。

"哦,袁师奶,您好。我们诊所有个药剂师请了假,领导要我临时上一个星期的夜班,所以白天在家里。"

"那你怎么不睡觉呀?"

"没有睡意。这大概是人们常说的'前三十年睡不醒,后三十年睡不着'吧!"

邹明祥停顿了一下,记起了一件事,又说:

"今天一大早,小家柱的脚划破了,被人送到我们诊所敷了药的,现在好些了吗?"

袁美娥已有一天一夜没有见到儿子了,更不知道他脚受伤的事,胡乱答道:

"他的体质好,有点小伤小病很快就会好的。我也很少管他的事,'儿孙自有儿孙福,莫为儿孙作马牛'嘛!"

邹明祥不置可否地笑了笑。

"邹医生,听说你一开始不愿意搬到这里来住,现在住了快一个月了,你觉得这里的环境怎么样呀?"

邹明祥今天一反常态,忽然变得喜欢说话了。他字斟句酌地说道:

"环境不错啊!当初我看到这幢房子是砖木结构,不大想来住;住下来后,一些明显的优点抵消了这个缺点,在大白天里,也听不到街上的嘈杂声,船舶的汽笛声。这里是'静'的王国,连空气都是安谧的,令人神往的,可以说是'白天里的黑夜'呀!"

邹明祥说着,居高临下偷觑袁美娥的胸脯。那里,两侧陡壁高耸,形成了一道幽深的峡谷。

袁美娥看着他那目不转睛的神态,仿佛看到这个"老僧"心灵里的"止水",已经开始冲出闸门了,她脸上露出了一丝不易察觉的笑意。她登上一步楼梯,轻声说道:

"邹医生,我给你看一张照片——你未来的女朋友的照片。"

邹明祥惊喜地问:"在哪里?"

"在楼上后房里。"

"那不是你妹妹的房间吗?"

"妹妹在市内上班,在家的时间很少,实际上那是我的专用房间。白天里想睡大觉,我就到楼上去。"

袁美娥掏出钥匙,疾走上楼。

邹明祥恍恍惚惚地跟在她后面。

袁美娥打开房门。房间里有个墨绿色的厚布窗帘,那是她为白天睡觉特地准备的。她一走进房间,伸手就拉拢了那个窗帘,房间里顿时昏暗下来。

"这……这么黑,看……看不清……照片啊。"

邹明祥踌躇地跟着袁美娥走进来。

袁美娥轻盈地回过身来,拉亮电灯,又随手扣上房门,说:

"你刚才说,这里是'白天里的黑夜',现在就是这个样子嘛。"

邹明祥问:"照片呢?"

袁美娥笑而不答,站在床的一侧。

"夜"深,人静。

脸红,心跳。

邹明祥偷偷地看着袁美娥,而当她炽热的目光投射过来的时候,他又急忙垂下眼皮。

房间里充溢着紧张的气氛。

当四道目光会合在一起的时候,"咔嚓"一下,袁美娥关上电灯,勾住邹明祥的脖子,把他摔倒在床上,娇柔地骂道:

"傻瓜!"

今天清早,林家柱热情地教梁大明踢足球,反复讲解,认真示范,一不留神踏进了路边的小坑,脚踝被划破。他的体质确实好,又及时敷了药,到了中午,脚不痛了,走路也灵便了。正好学校食堂今天加餐,有云吞供应,林家柱就没有到爸爸餐馆里去端,特意买了一大碗,像昨天中午那样,送回家给姑姑吃,他不知道姑姑演出去了。

林家柱提着盛满云吞的饭盒,很快来到他家后门口。像每次单独一人回家那样,他从脖子上摘下钥匙,熟练地打开屋门。他以为姑姑还在睡觉,便不声不响地绕过厨房,又蹑手蹑脚地走上楼梯。

楼上后房里,隐隐约约地传来断断续续的说话声,林家柱以为是姑姑在读书,喊道:"姑姑,姑姑!"

没有人应声。

林家柱又喊:"姑姑,姑姑!"

好一会,里面才答道:"是家柱吗?姑姑上班去了。你找姑姑干什么呀?"

林家柱听出了妈妈的声音,用指头弹着饭盒,说:"我给姑姑送云吞。"

"那你就放在楼下吧。"

林家柱知道妈妈有白天在楼上后房睡觉的习惯,就没有打扰她,回身准备下楼。突然听到房间里发出一阵窸窸窣窣的衣服摩擦声,就问:

"妈妈,房间里有一种怪声音,谁在里面呀?"

袁美娥仍然没有打开房门,在里边对儿子说:"没有谁呀,就我一个人在睡觉。"

林家柱不再追问,把饭盒放在楼下后房里,走出了家门。在门口,他发现球鞋带子散了,就把脚跷在墙上,系好鞋带。林家柱望着脚上穿的球鞋,摇摇头,心里抱怨道:"妈妈说话不算话,早就说给我买双新球鞋,可到现在还没有见着!"

这双球鞋不是林家柱自己的,是梁大明的。早上,梁大明同林家柱一道上诊所,护士给林家柱包扎好受伤的脚,由于伤处有些肿,林家柱穿不进原来的球鞋了,梁大明穿的新球鞋刚好比他的球鞋大一码,就对他说:"你是为了我把脚划破的,这双新球鞋你先穿着。"梁大明不由他分说,强行给他穿上了。后来,梁大明又找来一张报纸,把林家柱的旧球鞋包好,放在自己的书包里,光着脚丫子走出诊所。当林家柱感激地提醒他赤脚走路要注意碎玻璃的时候,梁大明毫不介意地笑着说:"我是铁脚将军!"

即使在电影里也没有这样的景象——全场的观众只有女性,面对一件一件脱下衣服的俊男尖叫,挥舞着手上的钞票,等到他脱得只剩下一件内裤时,跑过去为他献上一吻。

这是发生在曼哈顿六十一街和第一大道交界处的闻名于世的脱衣舞夜总会"倾本戴尔"纽约分店的真实场景。

舞台中央是身材健美、高大魁梧的年轻男子,随着妙曼动人的情歌宽衣,每脱一件,都引起全场女性的尖叫。

在色情行业光怪陆离的纽约,男脱衣舞夜总会绝不是个新兴的行业,但是开业多年、在欧美各地有众多分店的"倾本戴尔",算是独树一帜。它以百老汇式的歌舞秀包装男性脱衣舞,走高级品味的路线,被誉为百老汇式的歌舞享受。这同以脱为主的酒吧,大异其趣。

在这家脱衣舞夜总会,男性暴露得不会比在沙滩上多,脱衣也有底线。重点不在于全脱全裸,它提供的是娱乐,从女性角度、以女性为对象的脱衣舞娱乐。

这里是女性的乐园。对于长期生活在男性目光下的女士们,看脱衣舞男的表演,可以尝到"解放"的滋味。

艾琳女士今晚也来到这里。

华灯初上,她和一群女子来到"倾本戴尔"门口。只要是十八岁以上的女性都可以入内,男宾止步!所有随行的男子都留在门外。

艾琳一进门,就踏入女性的天地,这里除了女厕所的清洁工以外,工作人员清一色是男生。

一位俊俏、健美的男服务生在门口热情迎接艾琳,把她带到观众席。

观众席类似球场,一圈一圈上升,将舞台环绕起来。正中央的位置视野最好,脱衣舞男从高舞台出场,再走到低舞台,坐在中央席位的观众可以"一亲芳泽"。

艾琳正好坐在舞台中央。

节目开演时,突然一下子灯光全熄,在震耳的音乐声中,一群赤裸上身、仅用一条白浴巾围着下身的舞男鱼贯出场,在姑娘们的尖叫声中走上舞台。

这群舞男不管做什么动作,都会小心地护住浴巾。艾琳看到,他们腰间系有一条白线,都是有备而来,不会"彻底暴露"。

脱衣舞表演都是吊足观众胃口,艾琳看到舞台上的那位男子脱得只剩下一条内裤,还作势要再脱,艾琳特别兴奋,以为他会脱光;但他脱掉红色内裤以后,还有一条金色内裤,金色内裤脱下了,还有一条银色内裤。

此刻,艾琳正在观看名叫胡延龄的中美混血帅哥表演,他已脱得只剩下一条小得不能再小的紧身内裤,走到观众席,让姑娘们一亲芳泽。

艾琳当即走上前,拿出一把钞票,胡延龄在摘取钞票的同时,献给艾琳一个香吻。

胡延龄回到后台清点钞票时,竟发现里面夹有一张字条;他看了字条,勃然大怒,红润的脸庞顿时变得铁青……

陈静美从餐馆下班后,准备返回侦探公司。

她款步走在宁静的街上,放眼远望,纽约市中心像一艘就地待命的远洋巨轮,停泊在浩瀚无垠的海面上。那里的万盏灯火,宛如天上的群星坠落大海,互相撞击,骚动不息,汇成银光闪烁的巨浪。

街道那一头,一对青年男女正在漫步。男青年个子较高,约莫二十八岁,女青年身材适中,年龄同男青年相仿。他俩衣着华丽,步态优雅,紧紧地依偎在一起,一边慢慢走着,一边絮絮细语。在行人看来,风度翩翩的这对青年人,如若不是新婚夫妻,就是热恋中的情侣。

其实,这是一对"野鸳鸯",刚打完"野战"。

那男的是色情电影猛男,他因出演电影《开往芝加哥的旅游船》名噪一时;女的是脱衣舞男胡延龄的老婆。

胡延龄在看了艾琳夹在钞票里的字条后,来到这里捉奸。他提着一个粗短的木棍,保持一段距离悄悄地尾随在那对男女青年身后。

当他俩走到灯光明亮的路口快要分手时,胡延龄倏地冲上前,抽出木棍,猛地向那个色情猛男头上打去……

"梆"的一声!木棍折成两截,顷刻间,鲜血从色情猛男的头上涌出来,他惊回首,失声叫道:"你怎么来了?"顾不得伤口还在汩汩地流血,抡起拳头猛地打过去;胡延龄左眼被击中,鲜血从眼窝里涌出来,他不顾疼痛,抡起半截木棍用力捅过去,木棍尖锐的断面刺中了色情猛男的下巴,一块皮肉垂落了,血糊糊的下颚骨顿时暴露出来;色情猛男又抡起一拳,狠命捶到胡延龄心口上,"扑"的一声,胡延龄嘴里呛出了一口鲜血……

这场突如其来的血腥斗殴,使得胡延龄的老婆惊恐万状,手足无措,呆若木鸡地站在一边……

刚才,除了一位老大爷和一位中年人在灯光下下象棋以外,街上只有几个行人;一眨眼工夫,这里就聚集了一二十人,并且自动围成半圆,把那三个青年包在里面。

一个围观的小伙子对他的同伴说:"我认识这两个人!一个是脱

衣舞男,一个是色情猛男,都有一身好功夫!"

下象棋的老大爷推了推那小伙子的肩膀,说:"你既然认识他俩,就去劝劝吧!"

"不怪我不去劝,他们打得那么凶,沾了火星谁给我付医疗费呢!"小伙子说。

下象棋的老大爷于是跑到离此不远的新村管理室,找来一位青年妇女。

她见脱衣舞男和色情猛男打得难分难解,大声喝道:

"不准打架!不准打架!"

义正词严的呼喊声,使得围观的人们急忙闪开,让出一条路。她冲进"武斗场",边喊边拉;脱衣舞男和色情猛男身上虽然伤痕累累,血流如注,但各自的猛劲却没有使完,仍然扭打在一起,这个青年妇女尽力把他俩拉开。

陈静美这时快步赶到,她和那位青年妇女一人抓一个往回拖,围观的人也上前帮忙,拉开了他俩,终止了这场血淋淋的斗殴。

那位青年妇女抓住的是胡延龄。她问:

"为什么要打架?"

胡延龄趁人不备,"啪"的一声,把嘴里的一口污血喷到他老婆的脸上,然后厉声说道:

"你问这个骚女人!"

陈静美一看这情势,知道是怎么一回事了,难怪刚才有人说快去看"家男人"打"野男人"。

她想知道这位奋不顾身劝架的妇女的身份,就问:"请问你贵姓?"

下象棋的老大爷代为回答:"她叫何素珍,是新村管理室的干事。"

陈静美对她说:"何干事,你辛苦了!"

"也谢谢你赶来帮忙。"何素珍边擦汗边说。

在围观群众的簇拥下,陈静美和何素珍把脱衣舞男、色情猛男连同那个女人,一齐送到了诊所。

之后,胡延龄和色情猛男的朋友接到电话来到诊所,她俩就离开了。陈静美回到侦探公司,何素珍回管理室去了。这位干事很关心那两个青年人的伤势,后来又到诊所看望了一趟。

人们对于这类新闻通常都是津津乐道的。今晚新闻里的三个主人公正好又都在诊所里,这幢建筑物一下子热闹起来。

一个上夜班的小护士是刚才那场斗殴的目击者,她怀着遇到新奇事物就奔走相告的心情,在医生值班室发了一通议论后,又来到冷清清的药剂室,对当班的邹明祥说:

"我亲眼看到了!这场肉搏战真是惊心动魄呀!"

她不等邹明祥回话,拉了一把椅子坐下来,滔滔不绝、绘声绘色地述说事情的始末。

这家诊所深夜上门的病员很少,药剂室生意清淡,这给邹明祥可以随意离开提供了条件。他在小护士没有来之前,就听人说什么"家男人"打"野男人",心里一怔,离开了药剂室到外科诊室去观看了好一会儿。他去的时候心情急迫,忘记关上药剂室的门;回的时候思想复杂,差点走到隔壁去了。

邹明祥刚才在外科诊室看到了两张血淋淋的可怕面孔,此刻又听小护士讲了令他心惊肉跳的斗殴经过,不禁脸上红一阵白一阵,坐在柔软的靠背椅上犹如坐在针毡上。

小护士没有觉察到邹明祥内心的不安,她讲完经过后问邹明祥:

"你知不知道,那个'家男人'怎么发现'野男人'的?"

"这我怎么知道。"邹明祥有气无力地说。

"哼,我刚才特意问了那个'家男人',"小护士卖弄地说,"他对我讲,是个好心人私下塞字条告诉他的。他很感谢那个写字条的人,只是不知道是谁。"

"哦!"邹明祥茫然地应声道。

小护士站起来,用下结论的口吻说:

"这类夺人之妻、破坏家庭的坏人,就是该打!要狠狠地打!"

她抓起桌上邹明祥用的茶杯,喝了一大口茶。

"那个女人呢?"邹明祥问。

"那种女人,是女人中的败类,是惹祸的根苗,也要给她重重的处罚!"

小护士说完,一阵风似的走了。

邹明祥低低地垂下头,又一次想起今天中午发生的事情。那两情欢洽、形同夫妇的风流韵事,是社会道德和公众舆论所不能容忍的,在那张柔软的床垫下面,预伏着多么深刻的危机!聪颖过人的林家柱肯定嗅到什么了,要是他告诉他爸爸……

"拿药!"有人在药剂室的窗外喊道。

……袁美娥堪称"一代风流",是她找上我的,当然不会出卖我;可是,她的儿子……

"拿药!!"那人大声喊道。

邹明祥这才猛地抬起头,接过处方单。

他配好药,由窗口递给了那个人。他连看都没有看一眼,不知窗外的那个人是男人还是女人,是病员还是陪护者。

邹明祥又低下了头。两张血腥的面孔重又闯进了他的脑际,迟迟不肯退去;过了一会,在这两张可憎可怖的面孔后面,又出现了林家柱的可爱的脸蛋,他的耳畔,同时响起了林家柱的话:

"妈妈,房间里有一种怪声音,谁在里面呀?"

邹明祥用手掌狠狠地拍了一下脑门,忧心如焚地自问道:

"怎样才能避免'家男人'打'野男人'呢?"

鲁家大院地下室的车间灯火辉煌,女工们照看着一台台仪器,对血液年轻化的研究,已从理论转向实践。

祁厚之来回查看,从一台仪器走到另一台仪器,从一个女工身边走到另一个女工身边。

他走到鲁玉英身旁时,这个从餐馆"跳槽"来这里的女工哭诉道:"祁副厂长,你就放我一天假吧,我要回家。"

"你才一个星期没有回家,"祁厚之说,"很多姐妹都半个多月没有放假了,还不是坚持工作。"

"我母亲身体不好,三天两头生病,我只想回家看看母亲。"

"我跟厂长商量一下再说吧。"祁厚之转身离去。

他在办公室见到"厂长",说鲁玉英要求放假,问可不可让她回去一天。

"厂长"断然说道:"不能给她放假,一天也不行!"

"厂长"接着兴高采烈地谈起他刚才在街上目睹"家男人"打"野男人"的事,夸奖祁厚之:"你办事的效率真高呀!"

"我只是按厂长的指示办事,写了一张字条给艾琳小姐。"祁厚之谦虚地说,心里却很得意。他知道,艾琳已把那张字条交给了胡延龄。

"董事长当时也在现场,""厂长"补充道,"她肯定很高兴。"

祁厚之感到很奇怪:"董事长也去了?"

一场虽然血腥但很普通的斗殴,竟是这个秘密药厂的头头策划的阴谋!

这个阴谋要达到的目的是什么呢?

第八章　浴女爆料

自诩"识途老马"的魏良,还真的把刘洋凯带到一家土耳其浴室。

一位穿着黑色西服的大堂经理看到魏良进来,离开服务台迎上前,微笑着问候道:"魏老板,您好!"

魏良向他摆摆手,算是打招呼,然后问他:"张经理在吗?"

"在,我马上去找他。"

大堂经理打个响指,一位穿着绶带制服的男招待马上拿着两双拖鞋走过来,放在魏良、刘洋凯脚前。

他俩躬起身子,换上拖鞋。

男招待伸出右手:"请到这边来。"

他俩跟着男招待穿过贴着米黄色印有金色暗花墙纸的走廊,进入里面的豪华包间。

在厚厚的羊毛地毯上,摆放着真皮沙发和红木茶几。房间的一角还有一个小小的酒吧。

这是接待上等顾客的房间。

男招待给魏良拿来掺水威士忌,给刘洋凯上了咖啡,然后退下。

魏良喝了一口威士忌,对刘洋凯说:

"来这里的客人都是为了寻求刺激,彼此之间不想在等待入浴的时候见面。坐在这里,可以避免撞见熟人。"

刘洋凯问:"来这里的都是哪些客人?"

"本市的各界人士都有,还有外地慕名而来的,其中不乏知名人士。浴室老板为了不让这些名人惹人注意,闹出丑闻,特别设置这样的房间打消他们的顾虑。"

一位徐娘半老、风韵犹存的女人推门进来,咋咋呼呼地对魏良说:

"魏老板,您来了?哟,还有一位新客人!"

"张经理,您还是这么漂亮!"魏良恭维道。

张经理拉拉魏良的手,说:"好久不见了!"

魏良的眼睛滴溜溜转了两下:"张经理,我好像只有四五天没到您这儿来吧?"

"四五天还不久?"张经理扭动腰肢,"常言道,一日不见,如隔三秋,三日不见,如隔九秋!"

她说完,抿着嘴笑起来。

魏良哈哈大笑。

刘洋凯也跟着笑了笑。

魏良指着刘洋凯向她介绍:"这是我的朋友刘先生。"

张经理连声说道:"欢迎光临,欢迎光临!"

刘洋凯礼貌地站起："初次见面，打扰您了。"

张经理摆摆手，请刘洋凯坐下。

"刘先生，您今天来捧场，我们非常高兴，今后还要请您多多关照。您第一次来，没有熟悉的姑娘，就由我们来安排，我特地给您找了一个漂亮姑娘，她是新来的，性格很开朗，我想您会中意。如果不满意的话，也不必客气，我再给您介绍别的姑娘。"张经理彬彬有礼地说。

魏良代刘洋凯回答："张经理挑选的姑娘，刘先生准会满意的！"

张经理接着说出具体安排：

"魏老板，您去 12 号房，由您最钟爱的阿兰小姐陪伴；刘先生去 18 号房，由瑶瑶小姐陪伴。你们喝完酒和咖啡，休息一下就去房间吧！"

魏良招呼道："张经理，您去忙吧。"

张经理离去后，魏良对刘洋凯说："我把你介绍给张经理，你以后一个人来就会方便些。"

"谢谢魏兄好意。"刘洋凯表示理解。

两人把剩下的酒、咖啡喝完，魏良说："我们去房间吧。洗完澡还在这里碰头。"

魏良熟悉这里的环境，径直去了 12 号房；刘洋凯人生地不熟，一位男招待将他领到二楼最里面的一间房，敲门后退下。

鲁家大院地下室的车间里,工作人员抽取朱萍、阮小芳、鲁秀梅的血液,放在仪器里进行测试。女工们晚上加班,照看着一台台仪器。

祁厚之来回巡查。

鲁玉英走过去说:"祁副厂长,我想请一天假回家看望母亲,您跟厂长商量了吗?"

祁厚之答道:"厂长说生产任务这么紧,还是下个星期回家吧。"

女工头望了正在干活的陈秀芳一眼,劝道:"鲁玉英,听祁副厂长的话,下个星期再休息。厂里又不是没有给你加班费。你看陈秀芳都半个多月没有休息了!"

土耳其浴室18号房门打开一半,一位眼眉俊俏、体态丰盈的姑娘站在门边说:"先生请进!"

刘洋凯进房后,姑娘关好房门。

刘洋凯打量这个房间。这间面积二十多平方米的华丽房间分里外两间。外间靠墙摆放着一张豪华的大号双人床,旁边有油漆得锃亮的床头柜、条桌,对面有衣架,里间是浴室。

"小姐,你是新来的移民吧?"刘洋凯问。

"我是'黑户口'。"姑娘坦诚地回答。

"来这里多久了?"

"时间不长,大概两个月吧。"

"为什么要到土耳其浴室来呢?"

"我的文化程度不高,进不了别的单位。到这里工作,不需要什么文化,只要长相可以,又肯为客人服务,就会被录用。况且,这里的工钱比较多,客人还给小费。"

刘洋凯坐到床边,从口袋里掏出一包香烟,取出一支叼在嘴里;姑娘立刻把条桌上的打火机拿过来,将香烟点燃。

刘洋凯吸了一口烟,又从口里吐出来。

姑娘疑惑地问:"别人抽烟,烟都从鼻子里喷出,你怎么从口里出来?"

"这是各人的习惯吧。"

刘洋凯轻描淡写地说。其实他不是吸烟,而是"吹"烟。

"哦,我明白了,"姑娘似有所悟,"你没有把烟吞下去,只在口里打转转,这样不会伤肺。"

刘洋凯会意地一笑。"小姐,能问你的芳名吗?"

"当然可以。"姑娘爽快地说,"我叫路瑶,大家都喊我瑶瑶。"

刘洋凯以为是"遥",吟咏道:"路遥知马力,日久见人心。遥遥小姐,路遥是你的真名吗?"

"这里的人都用假名字,本小姐行不更名,坐不改姓。"瑶瑶接着解释道,"这个'瑶',不是遥远的'遥',而是瑶台的'瑶'。"

"你知道瑶台?"

"知道呀!李白的诗:'云想衣裳花想容,春风拂槛露华浓,若非群玉山头见,会向瑶台月下逢。'"

"你还会背唐诗,文化并不低呀!"

"这都是爸爸教我的。我爸爸有点文化,但还是一辈子打工。我到这里陪浴,就是想多赚点钱,让爸爸妈妈的晚年不至于太清苦。"

"看来你是个孝女!"

"孝女谈不上,孝心倒有一点。算了,不谈这些了,我们开始洗浴吧,我给你脱衣服。"

瑶瑶动手脱刘洋凯的衣服。

刘洋凯连声说:"不,不,我自己脱。"

他站起来脱衣服。

他脱下上衣,把钱包从口袋里掏出来放到桌上时,想起魏良嘱咐的要给小姐小费,就拿出比魏良说的稍多的钱,递给瑶瑶。

"这太多了,"瑶瑶看着钱说,"一半就够了。"

"已经拿出来了,你就收下吧。"刘洋凯继脱衣服。

"那就算两次的小费,"瑶瑶郑重地说,"你下次来,不用再付了。"

刘洋凯没有回答,将脱下的衣服挂到衣架上。

瑶瑶看到刘洋凯并没有把衣服脱光,还穿着三角裤,连连摇头:"你这个人哪,穿着裤子怎么洗澡呢?"

"我,我……"刘洋凯一时语塞。

"这也是你的习惯?"瑶瑶咯咯笑起来。

"对,我有穿着内裤洗澡的习惯。"

"好吧,我尊重你的习惯。"

瑶瑶拉着刘洋凯走进浴室。

铺着瓷砖的浴池内已放满热水。瑶瑶试试水温。

"你喜欢洗热水澡吗?"她问。

"不喜欢太热的水,"刘洋凯将手伸进浴池,"这个温度正好。"

"那就请下去吧。"

刘洋凯进入浴池时,瑶瑶在一旁脱衣服。

刘洋凯好久没有像这样被热水浸泡了,全身血液加快流动,各个器官都有充足的氧气供应,顿时觉得身心爽快。

瑶瑶从刘洋凯背后跳进浴池。

刘洋凯听见池里的水"扑通"一响,下意识地回过头去。

瑶瑶一丝不挂地出现在他的眼前。

那是一尊刘洋凯从未见过的、如同闪亮的大理石雕塑的少女裸像。

刘洋凯赶紧转过脸来。

瑶瑶若无其事地靠近刘洋凯,拍拍他的臂肌。

"你的肌肉好发达呀!"瑶瑶赞叹道,"你是运动员?"

刘洋凯转身背对着她说:"不是,但我喜欢运动。"

瑶瑶用手掌在刘洋凯的背上擦蹭。

刘洋凯尽量不往后看。

过了一会,瑶瑶说:"来,给你洗头。"

她走出浴池,叫刘洋凯转过身,将头伸到洗盆这边;刘洋凯照办,同时闭上眼睛，低着头。

　　瑶瑶取下喷水头，往刘洋凯的头发上冲水，然后涂擦洗发水，用手搓洗。

　　她问刘洋凯："你想搓重一点还是搓轻一点？"

　　刘洋凯不经意地睁开眼睛，由于洗头时的头部姿势，他的目光正好对着瑶瑶的身体；他仿佛看到电焊的强烈弧光，本能地合上眼皮。

　　瑶瑶见刘洋凯没有答话，又问：

　　"你想搓重一点还是搓轻一点？"

　　"就像现在这样吧。"

　　刘洋凯胡乱答道。其实，他觉得瑶瑶的手重了一点，头皮有点疼。

　　在瑶瑶给刘洋凯洗头的过程中，刘洋凯一直紧闭双眼，然而，他还是觉得瑶瑶白雪的身体在眼前闪晃。

　　刘洋凯终于听到瑶瑶说"头洗完了"，他睁开眼睛，舒缓一下酸痛的眼皮。

　　瑶瑶对他说："现在给你洗身上。土耳其浴室的特点是'垫子洗'，客人们都是为此而来的。"

　　刘洋凯来这里之前，查过资料，知道"垫子洗"就是男人躺在垫子上，土耳其浴室小姐给他身上涂满肥皂，然后光着身子紧紧地贴在他的身上搓洗。

　　"我不要'垫子洗'，"刘洋凯连忙说，"就用普通的方法洗。"

　　"为什么？"瑶瑶问。

"这种洗法你太辛苦了。如果每个客人都要'垫子洗',你会累坏的!"

"你真会体贴人!"瑶瑶感激地说,下到浴池里,"好吧,我来给你洗全身。"

"你给我洗后面就行了,前面我自己洗。"刘洋凯转身将背对着瑶瑶。

瑶瑶给刘洋凯的背上擦肥皂,刘洋凯自己用肥皂涂擦前胸、腹部、大腿。

瑶瑶用娴熟的手法给刘洋凯搓背。

"自己洗澡的最大不便之处就是无法把背部洗干净。"刘洋凯对此颇有体会。

"现在的感觉怎么样?"瑶瑶问。

"很舒服。"刘洋凯由衷地说。

瑶瑶听了,更加认真地给刘洋凯擦搓。

"瑶瑶,你来这里几个月,跟哪些客人陪过浴?"

刘洋凯问道。他开始将谈话转入"正题"。因为他来土耳浴室的目的并不是洗澡,而是在营造合适的氛围后,打探信息。

"这个问题我不能告诉你。"瑶瑶清脆的声音从刘洋凯背后传过来,"为客人保密,是我们陪浴小姐的职业道德。"

"那么,最近有没有听到或看到有趣的或稀奇的事呢?"

刘洋凯不怕碰钉子,变个方式又问。

瑶瑶停下手来,想了一下,说:"还真有一件稀奇事。"

"可以说出来吗?"刘洋凯打趣道,"说出来会不会影响你的职业道德?"

"这不会。"瑶瑶的手又动了起来。

"那么说说看。"

瑶瑶边搓边说:

"有个约莫四十岁的客人,每隔一个多月就连续几天来我们浴室洗澡,每次来都要'垫子洗',而且还要更换陪浴小姐,把我们这里的小姐全都'洗'遍了!"

"你陪他洗过澡吗?"刘洋凯乘势发问。

"我哪能跑得掉!"

"他是怎样的人?"

"衣服上、身上都有药味,"瑶瑶缩了缩鼻子,似乎还在闻那种味道,"我猜他在制药厂工作。"

"他神经正常吗?"

"很正常。"

"那他为什么与众不同?"

"我们陪浴小姐私下里也在议论那个人,猜测他拼命要'垫子洗',不停地换小姐,可能因为有一段时间不能再到土耳其浴室来。"

"那你们猜对了吗?"

"还真的猜对了!这些天,那个人再也没有来了。"

药厂?!

刘洋凯认为这个情况很重要,正想问那个人的长相,瑶瑶说:"澡洗完了。"

"辛苦你了!"

"要不要'那个'?"

瑶瑶的表情神秘而微妙。

刘洋凯知道"那个"的含义,摇摇头。

瑶瑶咯咯地笑了。"你连'垫子洗'都不要,肯定不要'那个'。但我还是要问问,这也是我们陪浴小姐的职业道德。"

刘洋凯也笑了笑。

"你的这条内裤湿透了,有换的吗?"瑶瑶关切地问。

"哎呀,我没有带内裤来,"刘洋凯傻了眼,"就穿外裤算了。"

"那怎么行?里面空荡荡的不舒服。"瑶瑶走到外间,从床头柜里拿出一条白底淡花内裤,递给刘洋凯,"这条内裤是新的,是给客人准备的。"

刘洋凯接过内裤:"那就谢谢你了!"

他背对着瑶瑶,脱下湿内裤,用毛巾擦了一把,换上新内裤。

"你到床上休息,我去洗个淋浴。"

刘洋凯躺在席梦思上,舒适地伸展四肢。

瑶瑶在浴室里洗淋浴。喷水头吐出的水柱喷洒在她雪白的身上,闪闪发亮,仿佛园艺工人精心浇灌的美丽雪莲花。

刘洋凯看到的是瑶瑶的背面。他此时用不着紧闭双眼,也好让酸痛的眼皮得到休息。

瑶瑶洗完淋浴,用浴巾缠着身子走到床边。

"你刚才问的问题我答复了,我可以问你姓什么吗?"她对刘洋凯说,"我只问你的姓氏,名字我不问。"

"我姓刘。"刘洋凯从床上坐起来。

"做什么工作?"

"做'寻人'的工作。"

瑶瑶大惑不解:"社会上还有这种职业?"

刘洋凯点点头:"有。只是从业人员很少。"

瑶瑶顿时喜出望外:"那我今天算是遇到贵人了!"

刘洋凯莫名其妙,瞪大眼睛。

瑶瑶坐在床沿,娓娓而谈:

"我这次是跟表妹一起来的。表妹叫陈秀芳,十九岁,姨父家境较好,她读了高中,懂得数理化,考进了一家药厂,而我只能到土耳其浴室当陪浴小姐。秀芳工作的那个药厂在新村,离我们浴室不远。我和秀芳从小就相依为伴,现在一起出来谋生,更要互相照顾,我俩就在附近租了一间私人住房,下班后住在一起。可是,秀芳已有半个月没回租住屋,不知到哪里去了! 今天遇到你这个做'寻人'工作的人,就有可能找回秀芳,我岂不是遇到了贵人?"

又是药厂!

刘洋凯沉思片刻,问:"瑶瑶,你和表妹的租住屋在新村什么地方?"

"在新建巷90号。离我们浴室很近,我下班后走十多分钟就到了。"

"你去过表妹工作的药厂吗?"刘洋凯又问。

"没有去过。只晓得在新村。"

"那个药厂挂了牌子吗?"

"因为没有去过,不知道具体情况。"

"那家药厂叫什么名字?"

"表妹倒是说过一两次,可是我忘记了!"

"嗨!"刘洋凯叹口气,"要是知道厂名,寻找你表妹就方便多了。"

"让我仔细回忆回忆……"瑶瑶作沉思状,"哎呀,还是想不起来。"

刘洋凯嘱咐道:"想起来了,一定要告诉我!"

"我想我会回忆起来的。"瑶瑶似乎很有信心。

"谈谈你表妹的体貌特征。"刘洋凯从床上起来,边穿衣服边说,"是胖是瘦?是高是矮?长相如何?什么发型?面部或别的部位有没有疤痕或胎记……"

瑶瑶扑哧一笑:"没有那么复杂。表妹的身材跟我非常相像,看了我的身材,就知道她的模样;你已经看过我的全身了……"

其实没有!——刘洋凯在心里说。

"差别就是五官有些不一样。"

瑶瑶拿出表妹的照片,交给刘洋凯。

"我一定尽力帮你寻找表妹陈秀芳。"刘洋凯接过照片,谨慎地放进包包里。

瑶瑶突然在他的脸颊上亲了一口。

刘洋凯猝不及防,十分狼狈。

他定定神,说:"那我这就告辞,辛苦你了!"

瑶瑶把刘洋凯送到门口:"下次来时,不用付小费,你今天已经预付了!"

刘洋凯向她挥挥手:"有你表妹的消息,我会随时告诉你!"

第九章　男孩失踪

一阵闹钟的铃声,把林焕仁从睡梦中唤醒。

他拉亮电灯,时针正好指着凌晨三点。

林焕仁自从当上新村餐馆经理,对业务工作抓得更紧了。他每天的工作,就是从现在这个时候开始的。

他之所以每天起得这么早,是因为他知道当地华人有到餐馆吃早点的习惯,他本人又是擅长制作葡澳点心的专家,要很好地发挥自己的一技之长。为了让顾客吃得满意,除了具体指导青年厨师,他还得亲自挽起袖子干。"早点早点,就是要早点做准备。"——这是他常说的一句话。

他往床里面看了一眼,他妻子盖的那床薄棉被依然叠得整整齐齐的,没有打开,不由得叹了一口气,自语道:

"到现在还没有回来,肯定是打牌打上瘾,忘记时辰了!"

他摇着头,下了床,洗漱完毕走到儿子的床边。

"家柱,家柱,你醒醒!"

他隔着被子反复摇着儿子的肩膀。

林家柱睡得很熟。他均匀悠缓地呼吸着甜美的空气,显得恬静而舒适。他那洋囝囝般的脸蛋,此刻使人觉得更加鲜嫩可爱。

林家柱好一会才被喊醒。他半睁着惺忪的眼睛,认出弯着身子站在床边的是自己的父亲,就问:

"爸爸,干什么呀?"

林焕仁从钱包内取出一张钞票,在儿子的面前晃了一下,说:

"这是五元钱,你说你有个好同学爱吃鸡仔饼,你起床后到店子里找王阿姨买。"

林家柱"嗯"了一声。

林焕仁把钞票塞在儿子的枕头边,又嘱咐了几句,出门去了。

他走得匆忙,忘了关电灯。

从窗户外面,可以看到林家柱枕头边的五元美钞,票面上林肯的头像清晰可见。

近来梁大明"求师"心切,每天天不亮就起床,把小老师林家柱从家里邀约出来,但昨天小老师的脚踝不幸划破,梁大明为了让他多休息一下,今天清早就没有去约他,独自锻炼了一会儿。没有小老师引导,仅有"德力"陪伴,梁大明觉得跑步、做操都少了味儿。好不容易挨到六点半钟,他想小老师该起床了,就让"德力"回家,背起书包去约林家柱。

这是一个天气阴霾的早晨。沉重的、铅灰色的云块低垂着,遮住了太阳,大地显得灰苍苍的。风从东河吹来,路旁的树叶沙沙作响,行人都微微感到有些寒意。

梁大明穿的是刚才汗湿的衬衣,他在晨风中打了一个寒战。要是林家柱在身边,肯定早就提醒他换掉这件湿透了的衣服,而他现在形单影只,把这个忘记了。由这件小事,梁大明体会到离开了这个良师益友的孤独。

他快步走到林家柱家后门口。

他掏出手机,给林家柱打电话,但已关机。

他见屋门紧闭,尝试着推了一下,推不开,就喊:

"家柱,家柱!"

里面没有动静。

"家柱,家柱!"梁大明又喊道。

这幢楼里,邹明祥由诊所下夜班刚回家,其余的人都不在。

邹明祥已经上床了,由于值夜班,晚上上班,白天睡觉,生物钟一时被打乱,他躺在床上没有睡着。他听到门外有人呼喊,就下楼来,朝林家的那间后房看了一眼,门是关着的。

"家柱,家柱!"梁大明还在呼喊。

邹明祥推了推家柱的房门,弹子门锁已经扣上了,他随口答道:

"上学去了!"

梁大明听说小老师已经走了,只好怏怏离去。

袁美娥昨天因前一天赌博赢了钱而自认为手气好,决定晚上再干它一通宵。在"一朵云"家里,她们从昨晚七点一直赌到今天早上六点,一通宵没有合眼!

熬了夜以后,她是决不会忘记赶快补养的,于是从六点半到七点半,她的嘴巴又在新村餐馆忙了整整一个小时。

吃饱喝足的袁美娥,回到家倒头就睡了。

"家柱!家柱!家柱!……"

中午,一阵紧急的叫唤声把袁美娥从酣睡中吵醒。她很不耐烦地眨了眨眼睛,心里嘀咕道:准是那个梁大明,一天到晚缠着家柱!

她翻了个身,又朦朦胧胧睡着了。

"家柱!家柱!家柱!……"

门外,伴随着每一声叫唤,同时传来有节奏的指关节叩门的声音。

袁美娥又醒了。但是,她并不打算起床。

叫唤声停止了,叩门声却变成了擂门声,两只显然很有力的拳头,轮换擂击着屋门,连续的"通通"声震耳欲聋。

袁美娥感到这样下去,门非被捅穿不可,她不得不起床了。

"吵死人了!"她打开门后,没好气地瞪着梁大明。

梁大明累得汗流浃背。他用袖口擦擦汗,连珠炮似的说:

"家柱今天没上学。整个上午他都不在教室里,学校里别的地方也都不在,打手机关了机,他在家吗?"

袁美娥听说儿子今天没有到学校,睡意顿时消失了。她赶忙打儿子的手机,确实已经关机。她知道,家柱是从来不缺课的,学习上不要大人操心,生活上也能自理。儿子的这些好的素质,都成了这个母亲常说的"儿孙自有儿孙福,莫为儿孙作马牛"的依据。然而,儿子今天整个上午居然不在学校里,这是从未有过的事情,母亲的那颗一贯松弛的心,忽然紧缩起来了。

她望着眼巴巴地等待着回答的梁大明,语气不坚定地说:

"他有事情出去了。"

"又不在!"梁大明自语道,噘起嘴巴走了。

袁美娥抬起手腕,现在是十二点半钟。她想:家柱可能正在他爸爸店里吃午饭吧?于是匆匆穿齐衣服,关好房门和屋门,三步并作两步向新村餐馆走去。

现在是餐馆最热闹的时候。肉的香味,鱼的鲜味,鸡的美味,从各个餐桌上散发出来;烟气,酒气,汤的蒸气,在空中弥漫;谈话声,嬉笑声,吆喝声,充塞了整个店堂。

人们看到这个餐馆的实干家林焕仁,正紧张地周旋于店堂与厨房之间,把顾客点的菜单交给厨师,又把刚出锅的菜肴端上餐桌。

他托着菜盘从厨房里走出来,用他那响亮的嗓门流畅地吆喝着。

袁美娥一进门就听见丈夫的声音,赶紧走过去问他:

"家柱来过没有?"

"没有。"

林焕仁答话时头也不回。他把菜肴放到这个餐桌上,又转身走到那个餐桌,拿起顾客的菜单。

"家柱今天没有上学呀!"袁美娥跟着丈夫走过去,加重语气对他说。

"唔。是不是到他舅舅家里去了?"林焕仁轻描淡写地说,"家柱对我说,你不给他买新球鞋,舅舅会给他买的。"

袁美娥想想也有道理,就决定到她弟弟家去一趟。

袁美娥出门时,正在忙碌的陈静美看了她一眼。

袁美娥到弟弟家,弟弟对她说:家柱今天没有来。袁美娥接着赶到学校,家柱的班主任告诉她:林家柱今天没有上学,老师和同学们还以为他足部受伤在家休息。

她又回到新村餐馆。

店堂内,刚才那种人声鼎沸的景象消失了,店堂已被勤劳的服务人员打扫干净,人们在静静地听经理林焕仁讲评今天午餐的供应情况:

"……我们一定要讲究菜肴的色、味、香、形,要适当控制油量,注意营养,操作中要干净利落,以鲜嫩形美为主……"

袁美娥大模大样地走过去,吆喝一声:

"焕仁,你过来!"

人们不约而同地回过头去看她。有的人窃窃私语。

林焕仁怯生生地看着妻子,用乞求的口吻小声说道:

"你让我把话讲完。"

他继续对大家说:

"……今天王师傅的红豆猪手就烧得很好,是正宗的葡澳佳肴,在猪脚与红豆共同熬煮后,降低了油腻感,增添了红豆的清香。现在请王师傅谈谈他的体会。"

说完,林焕仁把妻子拉到一边,仿佛不知道她刚才曾经来过似的,悄声问道:"找我有什么事呀?"

袁美娥狠狠地瞪了他一眼,大声大气地说:

"你叫我到他舅舅家找家柱,家柱不在呀!打几次手机都关机。"

"哦。"林焕仁好像这才记起来,"那,在不在学校里呢?"

"学校里我也去过,老师说他今天没有上课。"

林焕仁的像女人眉毛那样的弯弯细眉跳动了一下,不紧不慢地说:

"家柱可能去忙他们足球队的事情去了吧。——哎,你问过他们体育老师吗?"

袁美娥摇摇头。她刚才走急了,竟忘记问问他们足球队的辅导老师。过去曾有过这种情况:遇上紧急的训练或比赛任务,家柱也会偶尔缺半天课的。她说:

"那,我再到学校去问问。"

"不必了。"林焕仁看着店堂里的大挂钟说,"家柱如果是搞比赛什么的,说不定现在就要回家做准备了。"

他说完,又回到餐馆的员工中去了。

袁美娥匆匆回到家里,打开房门。这时候,她清楚地看到,儿子今天应该穿的衣服——红球衫和蓝长裤——仍然挂在他的床架上,而床上的薄棉被则乱糟糟地堆成一团,被单上也留下了显眼的皱褶……

这些情况,在她早上回家前就存在着,不过因为她当时太疲劳,一回家就想迫不及待地上床睡觉,没有注意到穿衣柜侧面的那张小床;中午梁大明喊醒她时,她只注意门外,目光也没有顾及那个地方;现在从房门口向里面望,小床上下的一切就一目了然了。

看到眼前的情况,袁美娥很快意识到:儿子今天离开家的时候,既没有穿外衣,也没有穿鞋袜,又没有铺床叠被。

这就是说,家柱今天只穿了睡觉时穿的汗衫短裤,打着赤脚,就"出去"了。这是在正常情况下绝对不可能发生的事情!

当这个可怕的结论掠过袁美娥脑际的时候,即使发生了强烈地震,整个新村土崩瓦解,她也不会比此刻更感到惊慌失措了!

她尖叫一声:"家柱出事了!"急忙冲出门外。

第十章 少妇遗书

滨江市一座高层公寓里,住着少妇许香云和她当医生的丈夫王邦亮。

此刻,许香云独自伫立窗前,望着乳白色的月光温柔地流泻,窗台上纠缠着的盆栽长藤,斑斑驳驳地留下一堆淡影。

她是三年前同王邦亮来到滨江市的。

"自从看了你第一眼,我就着了迷,前世姻缘今生订,上帝给了我这个良机,我发誓,今生今世我只爱你,永远爱你……"

王邦亮的誓言犹在她的耳畔回响,然而,自从他出差到纽约,通过阿宝加入奥姆科技公司,认识那个叫艾琳的洋妞,他就一去不回,抛弃了她。

弃妇!许香云的嘴角微弯,露出凄然的笑容,却比哭还要无奈。

她知道,丈夫正在纽约与艾琳同欢乐,"开洋荤"。只闻新人笑,哪见旧人哭?

从前的恩爱,一点一滴地流进了滔滔江水!

上次跟丈夫通话，他吐出冰雹似的字句："离婚！离婚！你是你，我是我，从此各走各的路！"

许香云深陷的眼窝里，再也没有泪水。情丝万缕，也系不住丈夫的心！

一日夫妻百日恩，过去的种种欢愉缠绵又在许湘云的脑海浮现。她掏出手机，再次给丈夫打电话。

"你拨打的电话已关机……"

许香云突然感到心头一阵冰凉，她下意识地拨开覆在前额的一绺头发。柔和的月光变得清寒，将她的背影拉得很长。

她走到桌边，打开抽屉，从日记本上撕了一页纸，写上最后一段话：

"邦亮，我再一次对你说，我仍然深爱着你；但是，你只有脱离奥姆科技公司，与艾琳、阿宝拜拜，回到滨江市，才能做一个正常的人。这是我最大的希望，也是我的临终遗言……"

许香云的心扉紧锁，肝肠寸断，思维停顿。她机械地爬上窗台。

再见了，这个繁华的大都会！对不住了，远在家乡的亲人！

许香云纵身跳下，在霓虹灯的亮光中一闪而过，最后飞溅出一摊血浆……

疑是药厂员工的中年人在土耳其浴室疯狂消费后突然消失，瑶瑶的表妹、一家制药厂的员工陈秀芳也不知所踪；两人都跟"药"字有关，引起了刘洋凯的关注。

为了查明陈秀芳工作的新村制药厂的地址，刘洋凯去了药管局，得到的答复是新村一带根本没有什么制药厂。"难道是一家黑工厂？"刘洋凯于是去警署，找华人警员王宏彬。

刘洋凯的助手陈静美跟王宏彬是同学，刘洋凯在侦办几起案件时跟王宏彬配合默契，成了好朋友。

刘洋凯去警署途中，接到丁红娟从滨江市打来的电话，告诉他少妇许香云自杀的事，她的遗书中提到纽约、阿宝，还有艾琳。

阿宝是刘洋凯要找的犯罪嫌疑人，他请丁红娟仔细清理许香云的遗物，看能否发现更多线索。

刘洋凯来到警署，对王宏彬说起新村有个制药厂的事。

王宏彬听了刘洋凯的讲述，连连摇头："我从没有听说新村有一家什么制药厂，一家名叫'九千年'的制药厂又不在新村。"

王宏彬身材高大，着装整齐。他有张宽大而丰满的脸膛，比较细小但炯炯有神的眼睛，轮廓分明并给人以严厉感觉的嘴巴。露在警帽外的鬓发，在临窗阳光下闪着漆黑油亮的光彩。

刘洋凯对他说："那就到九千年制药厂看看，厂里是不是有个叫陈秀芳的员工前几天失踪了。"

王宏彬想了一下："陈秀芳？我见过，她还有个表姐叫路瑶。"

"你怎么知道？"刘洋凯问。

"姐妹俩租住新建巷 90 号出租屋。"

"你的记性真好!"刘洋凯说。

"走,我们出去转转。"

王宏彬拉着刘洋凯走出警署。

袁美娥行色匆匆地跑进新村管理室。她进门时走急了,同一位搬运过水泥包的工人撞了个满怀,把华丽的春装弄脏了。她顾不得拍打,气息未喘匀就对何素珍说:

"何干事,我们家柱不见了……"

何素珍看到她脸色苍白,神态惊慌,知道真的出了事,就把她领进里面的小办公室,给她倒了一杯茶,请她坐下来,温和而平静地对她说:

"美娥,你不要急,慢慢把情况说清楚。"

袁美娥显然受到她的感染,不像刚才那么气急败坏了,细细陈述是怎么发现家柱失踪的。

王宏彬领着刘洋凯来到九千年制药厂查询,但该厂没有叫陈秀芳的员工。

他们又到新建巷 90 号,房东阿妈证实,租房的两个姑娘中,有一个已经多天没有回来了。

王宏彬、刘洋凯往回走,途经新村管理室。王宏彬告诉刘洋凯,管理室的干事何素珍办事认真。刘洋凯便说起陈静美已告诉他,何素珍见义勇为制止斗殴的事。

两人走进管理室时,何素珍正在听袁美娥谈儿子失踪的事。

何素珍二十七八岁,面庞白皙,五官端正,双颊红润,眼睛像两杯水那样深邃而又明澈。她穿着紧身工作服,更显得干练和生气勃勃。

她对袁美娥说:

"家柱从来不跟那些不三不四的坏孩子鬼混,也不爱到别人家串门子。既然家里、学校里、亲戚家都没有,打手机又关机,衣服鞋袜又都留在家里,那就肯定出了问题!"

"是呀,我感到不对劲,才来找您。"袁美娥向前挪动一下身子,"何干事,去年你还救过我们家柱,这次又得麻烦你啦。"

"什么?我曾经救过家柱?"何素珍连续眨着眼睛,记不起有过那么一回事。

袁美娥怀着至今犹存的感激心情说:

"何干事,您给小区的住户办了很多好事,这件事你可能忘了,可我直到如今都记得。"

她不禁讲起了那件事……

去年夏天的一个黄昏,新村菜市场员工送走了最后一批顾客,正在打扫店堂,准备下班。

袁美娥匆匆走进菜场,慌慌张张地从一个货架走到另一个货架,又朝着库房里面的蔬菜堆东张西望,最后停在菜场办公室的门口,流露出焦急的神色。

一个女营业员看到这种情况,就主动走过去,关切地问:

"夫人,你是不是想买点什么?"

"韭菜,我想买点韭菜。"袁美娥说,"哪怕一点也行!"

"哦,韭菜我们菜场没有,"女营业员说,"目前上市量很少。"

"哎呀!"袁美娥惊叫道。

女营业员看到她这么急于买韭菜,不知道是什么缘故,就问:

"你买韭菜大概不是做菜吧?"

袁美娥使劲搓着手,急切地说:

"我的孩子家柱,自己动手缝纽扣,不小心把纽扣吞到肚子里去了,正等着韭菜配药方哩!"

"原来是这样!可是没有韭菜怎么办呢?"女营业员也十分着急。

何素珍因忙了一天,这才抽出时间到菜场买菜,听到这件事,就对袁美娥说:

"你先回去,我设法帮你弄点韭菜。"

何素珍骑着摩托车跑遍这一带的菜市场和菜摊,终于买到两斤韭菜,送到袁美娥家里。

"过去了的事情还提它干什么呢!"何素珍谦逊地笑了笑,"袁师奶,不要急,我想,会找到家柱的。"

刘洋凯嘱咐袁美娥:"家里的东西都不要动,保持原样。"

袁美娥走后,王宏彬把刘洋凯介绍给何素珍:"这是我的好朋友、大侦探刘洋凯先生。"

何素珍热情地同刘洋凯握手,并对他说:

"我们新村以前曾经发生过几起少年儿童走失的事,王警官都知道,后来查清楚,都是被大一点的小流氓带出去干坏事去了。这些少年儿童现在都回来了。只是有一个小姑娘的去向直到现在还没有查清,人们推测她被拐卖了。"

刘洋凯考虑到,一家号称制药厂的秘密工厂据称就在这一带,朱萍也是在这里失踪的,现在又突然发生小孩失踪事件,这个小孩的失踪和朱萍的失踪有没有什么关联?于是他向王宏彬建议到袁美娥家里看看;王宏彬管这一带,当然同意,他准备了一个包包,让何素珍带路,三人一起去。

袁美娥家素来有清雅、安静的美名,即使在大白天也是如此;可是如今由于林家柱的失踪,屋子里充盈着几乎无休无止的哭泣声。

袁美娥的哭声,有时是低回呜咽,像夜深人静时阴沟里的流水,令人厌恶;有时是号啕大哭,像打在空铁桶上的暴雨,令人心烦;有时是连哭带骂,像突然发作的山洪,令人发怵——一个母亲,在"儿孙自有儿孙福,莫为儿孙作马牛"的不负责任的口头禅掩盖下,撇下儿子不管而自寻欢乐,最后发现儿子失踪了才知道伤心。

人们并不怜悯这个女人,却十分痛惜公认为好少年的林家柱的失踪,并对那个终日忙忙碌碌的林焕仁表示一定的同情,于是陆续到袁美娥家里去劝慰她。

何素珍、王宏彬、刘洋凯走进袁美娥家,劝慰袁美娥的邻居见何干事带来了警察,打了个招呼就离去了。

何素珍向林焕仁说明来意,随即问袁美娥:

"袁师奶,嘱咐你家里的东西暂时都不要挪动,这些东西动过没有?"

袁美娥冲着痰盂擤了一把鼻涕,用哭腔说:

"除了我们睡的床、坐的椅子、开水瓶和茶杯动过以外,别的东西都没有动,连地下也没有扫。"

"门把手动过。"林焕仁急忙补充道。

林家柱睡的小床的床架上,一件红球衫和一条蓝长裤,还是按前天晚上的样子挂着;床上,那条图案简单的印花床单不知为什么被揉得满是皱纹,棉被也被散乱地堆在床尾;床下,整整齐齐地放着一双新球鞋——就是梁大明借给林家柱的那一双。

刘洋凯走近林家柱的小床,发现床单上有一块隐隐约约的像地图那样的痕迹,就问:

"你们的小孩有夜间遗尿的习惯吗?"

袁美娥一边抽泣一边说:

"没有。我们家柱干净得很,打从两岁以后,就不会尿尿在床上。"

刘洋凯从王宏彬带来的包包里拿出白手套戴上,取下床单,轻轻叠好,放进一个纸袋内,装进包包里,同时对林焕仁说:

"林经理,我们把这床单带回去检查一下。"

"行,行。"林焕仁连连点头。

王宏彬见刘洋凯查看得差不多了,就让袁美娥谈谈最近几天发生的事情。

袁美娥停止抽泣,在藤椅上坐下,唠唠叨叨地谈起来。她从三天前在餐馆吃早点谈起,一直讲到昨天下午四处寻找不见家柱为止。她没有隐瞒通宵打牌这一事实,却"省略"了同邹明祥的那番遭遇。

王宏彬坐在写字桌旁,一边听着,一边在笔记本上作记录。

刘洋凯像老船工那样蹲在门槛上,在静听袁美娥谈话的同时,用敏锐的目光继续观察这个房间,连一块地板也不放过。

"你还有什么要补充的吗?"王宏彬从笔记本上抬起目光望着她。

"没,没有。"袁美娥避开王宏彬的目光,掩饰自己的心虚。

王宏彬合上笔记本,恳切地告诉她,想到什么还可以随时反映。

王宏彬接着询问林焕仁。他谈到昨天凌晨起床发现妻子打牌未归时,就用抱恨的口气说:

"这个人的牌瘾太大,经常回家很晚,玩通宵的次数也不少。要是她前天晚上在家里,或是在我上班之前赶回来,跟家柱在一起,就不会发生这种事情了!唉!"

袁美娥白了丈夫一眼,没有作声。要是在平时,他当众出她的丑,那还了得!

"不过,话又得说回来,"林焕仁换了一种口气说,"我上班时她还没有回家,屋子里只有家柱一个人睡觉,这也是常事,都没有出问题,独独在昨天凌晨出了问题!我要是知道会出问题,昨天晚一点上班就好了!唉!"

林焕仁又谈到昨天凌晨离家前,喊醒儿子并给他五元钱的事。他走到儿子的床前,从枕边取出那张钞票:

"就是这五元钱,原封未动!"

林焕仁把钞票放在五斗柜上,语气深沉地说:

"我是餐馆经理,可是家柱从来不到餐馆吃早点,也没有向我要钱吃零食。他前天晚上对我说,他有个好同学爱吃鸡仔饼,要他代买,这样才向我要钱。"

袁美娥看到这张钞票,听见丈夫的叙述,悲从中来,泣不成声。

林焕仁黯然神伤,眼圈也红了。

王宏彬又问,家柱睡觉时穿的是什么衣裤。林焕仁回答说,家柱穿的是白背心和白球裤,白背心上还印有"雏鹰"两个红字。林焕仁解释说,"雏鹰"是他们少年足球队的名称。

已经在门槛上蹲了一阵子的刘洋凯,此刻猫着腰走到门边,用戴着手套的手从门旯儿里捡起一个药瓶。

这个玻璃药瓶容量很小,只有30毫升,标签上印着"氯仿"二字。

刘洋凯站起来问房间的主人:

"这个药瓶是你们家里的吗?"

林焕仁、袁美娥同时凑过来看了看,同声答道:

"不是,我们家没有这种药瓶。"

刘洋凯从王宏彬的包包里拿出一块纱布,将药瓶包好,妥帖地放进包里。

王宏彬要了一张家柱的照片,然后对这夫妻俩说:

"你们不要太难过,家柱的下落会查出来的!"

何素珍也安慰了他们几句,一行三人离去。

刘洋凯出门时,郑重地对两位事主说:

"请你们仔细清点一下,看家里少了什么东西;特别要注意家柱的东西有遗失的没有。"

刘洋凯回到侦探公司,向陈静美通报了情况,并对药瓶和床单上隐隐约约像地图的痕迹进行检查。

床单上的痕迹是人尿,还有少量的人粪。

"林家柱的床单上,怎么会有尿和粪便呢?袁美娥不是讲过,她的小孩两岁以后就不尿床的呀。"陈静美说。

刘洋凯看了林家柱的照片一眼,说:

"如果这个可爱的小孩突然受到窒息性的打击,肌肉松弛,大小便失禁,就会遗在床单上。"

他过了一会又说:

"首先是疑是药厂员工的中年人在土耳其浴室疯狂消费后突然消失,接着是一家制药厂的员工陈秀芳不知所踪,这两件事都跟'药'字有关。现在又发现林家柱下落不明,这个小孩会不会也跟'药'字有关呢?"

陈静美思索片刻,说:

"可能有关!陈秀芳工作的、现在还没有查明具体地点的制药厂在新村,林家柱也住在新村,朱萍也是在新村失踪的,我猜想,这个小孩是不是看到什么,遭人暗害了!"

第十一章　科技公司

秘密药厂进行的血液研究,为扩大血源,以"奥姆科技公司"的名称在奥兰多天鹅酒店挂牌,招揽成员。

此刻,联络员丹尼尔躺在天鹅酒店包房的双人床上吸烟。

新发展的成员、白人女孩马德琳在浴室里洗澡。

马德琳一按按钮,香喷喷的浴液就从墙上的一个小龙头流出。她一边让浴液流满全身,一边观察自己的身材是否符合奥姆科技公司的要求。

丹尼尔听到脚步声,看见马德琳从浴室走过来。

她穿着丝织薄绸透明睡衣,脸上浮现出一种怯生生的表情。

丹尼尔为了缓和她的紧张情绪,从床上起来,走到酒柜边,取出香槟,问道:"马德琳,来点香槟吧?"

她点点头。

丹尼尔去开酒瓶,木塞"啪"的一下冲出来,弹到天花板。

他哈哈大笑:"鉴别是否是好香槟的方法,就是看木塞冲不冲。"

马德琳也忍不住哈哈笑起来。

丹尼尔将香槟倒进两个杯子里,递给她一杯:"马德琳小姐,祝贺你加入奥姆科技公司!"

"你们同意我加入了?"马德琳受宠若惊。

"同意了。"丹尼尔点点头。

"干杯!"他靠近马德琳。

"干杯!"马德琳也举起酒杯。

两人将杯中香槟一饮而尽。

"味道怎样?"丹尼尔问。

"不错。"马德琳说。

"快过来,我再给你讲讲奥姆科技公司的宗旨。"丹尼尔拍拍马德琳的肩膀。

"我都会背了。"

"你说说。"

"奥姆科技公司的宗旨是:让年轻人精力更加充沛,让老年人返老还童。"

"说得对!"

"我有点累,想上床休息。"

"好吧。"

丹尼尔看着马德琳把睡衣放在椅子上,上了床,闭上双眼,他也回身躺在床上,点燃一支烟,清楚地听到马德琳轻微的呼吸。

邹明祥仍上夜班,白天在家里。他是最后一个去劝慰袁美娥的。

他从楼上前房来到楼下后房时,房间里的客人都走了,只剩下两个主人:袁美娥斜坐在藤椅上,使劲冲着痰盂擤鼻涕;林焕仁在房间里来回走动,不知如何是好。邹明祥望望他俩,十分不自然地问:

"你们的家柱真的失踪了?"

林焕仁招呼他坐下来,给他倒了一杯茶,然后指了指挂在床架上的儿子的红球衫和蓝长裤,皱着眉头说:

"他的衣服鞋袜都在家里,不是失踪还能到哪里去?"

袁美娥看了邹明祥一眼,用哭腔说:

"我们的家柱被人害了啊……"

才说一句话,她又号啕大哭起来。

这又忙坏了林焕仁。他急忙上前劝慰,又给她换了一杯热茶。

邹明祥也跟着走近这个涕泪滂沱的女人,怀着异样的心情劝慰了几句。等到她的哭声减弱,他才坐下来,向林焕仁提出一个突兀的问题:

"林经理,家柱患过梦游症吗?"

林焕仁一怔。他连续眨了好几下眼皮,想了好一会,才拉了一把椅子在邹明祥对面坐下来,说:

"有过那么一回事:家柱刚上小学的那一年,有天晚上我看见他从床上爬起来,走到桌子旁边弄了弄书包,又躺下睡着了。这算不算梦游?"

"这就是梦游呀!"

袁美娥停止了抽泣,有点不相信:"我怎么没有发现家柱梦游呢!"

"你没有发现,我发现了呀!"林焕仁不耐烦地说。

邹明祥不理会他俩的争论,自顾说道:

"梦游是一种睡眠中的自动动作。患者可在睡眠中起立行走,并呈现低于正常觉醒水平的意识状态和对环境的简单反应力……"

袁美娥扭过头来问:

"邹医生,照你这么说,我们家柱是在梦游中走失的?"

"如果家柱过去曾有过梦游的病史,这次就存在着这种可能性。"

邹明祥正说着,看见何素珍走进来,赶忙起身让座:

"哦,何干事,小区住户家里出了事,您都要到场啊。"

何素珍的表情肃然。她紧挨着袁美娥坐下,关切地问:

"我进门时听到你们谈论的梦游,是不是同家柱的走失有关?"

邹明祥点点头,把他刚才同林焕仁的谈话重复了一遍。

何素珍流露出很感兴趣的表情,她以求教的语气说:

"邹医生,你提的这个问题很有意义。什么是梦游？你能不能解释一下!"

邹明祥点点头,慢条斯理地说:

"这得从睡眠说起。睡眠是个复杂的生理现象。人入睡后,自浅睡至深睡,可以分为慢波期和快速眼动期。从慢波期到快速眼动期为一个周期,正常的睡眠包括四至六个这样的周期。我们通常说的'梦',尤其是带有情感反应的梦,大多数发生在快速眼动期中;眼动越剧烈,梦象越丰富。"

邹明祥呷了一口茶,继续说:

"梦游发作前,患者可出现阵发性的高电位活动;醒来后,患者本人并不知道自己梦游过。在梦游患者中,儿童比成年人多,以后随着年龄的增长,有的人自行痊愈;有的人成年后仍然会梦游。"

"成年人也会梦游?"何素珍感到很奇怪。

"是的。"邹明祥说道。

"真的吗?"林焕仁望了袁美娥一眼。

邹明祥又呷了一口茶,说道:

"斯坦福大学医学院的科学家发现,一千个美国成年人中,有三十六个人容易出现梦游现象。这一比例比以前人们想象的要高得多。成年人梦游与抑郁症、焦虑症和强迫症等精神疾病有关。"

"如果家柱真的是因为梦游走失的,会出现怎样的后果呢?"何素珍又问。

"后果不会很好。"邹明祥阴沉沉地说,"对于一般的梦游患者,人们往往把他安排在楼下睡觉,并取出室内的危险物品,以防发生损伤及意外事故。家柱虽然睡在楼下,但地理环境对他不利;打开后门走不很远,就是东河,后面又有很多沟壑。"他说着,望了望挂在床架上的红球衫和蓝长裤,"家柱的衣服都在家里,人已经出去快两天了,说句不吉利的话——这个可怜的孩子,说不定在梦游中掉进东河或深水沟里去了!"

袁美娥一听,"哇"的一声,爆发似的痛哭起来,喊道:

"家柱,我苦命的孩子……"

刘洋凯、陈静美、王宏彬在警署讨论林家柱失踪的问题,何素珍带着"梦游"的概念来到警署。

王宏彬听完何素珍反映的情况,对她说:"何干事,你提供的情况很有参考价值,谢谢你!"

何素珍走后,王宏彬说:"邹明祥是一个月前调到诊所来的。对他以前的表现和现在的情况,我们都一无所知。据诊所的人讲,他没有家眷,没有朋友,总是一个人。像他这样来历不明的人,把林家柱的走失说成是'梦游',很可能是别有用心!"

"对,"陈静秋表示同意,"我看他跟袁美娥的关系不正常!"

刘洋凯静静地坐在办公室的一个角落里,一边听王宏彬同陈静美谈话,一边默默地思考。他心里很清楚,当务之急是尽快找到林家柱的下落——哪怕是这个无辜少年的尸体。要是有一头警犬就好了!到哪里去找警犬呢……

鲁家大院地下室的车间里,血液研究按计划顺利地进行着。因迷恋艾琳而抛弃妻子许香云的王邦亮,正注视着仪器上不断变化的数据。

祁厚之查看仪器显示的数据,对王邦亮的工作表示赞赏。

女工鲁玉英对祁厚之再次提起请假的事。

祁厚之走进办公室,向"厂长"请示:

"鲁玉英又吵着要请假,让不让她走?"

"厂长"思忖片刻,对祁厚之说:"叫阿宝回来跟艾琳一起设个局,再让鲁玉英离开。"

第十二章 星相术士

袁美娥听了邹明祥关于"梦游"的议论,喊天叫地地哭了一阵,在房间里再也坐不住了,她起身梳洗了一番,什么话也没有对丈夫说,就夺门出去了。

"美娥,你到哪里去?"林焕仁看到妻子的举动反常,怕她自寻短见,急忙追出去问道。

袁美娥还是不说话,径直朝前走去。

林焕仁关上房门,紧紧跟在妻子后面。

袁美娥拐了两道弯,一头钻进一间年久失修的小屋。

小屋的摇摇欲坠的门框上,一边写着"言皆有物",一边写着"语不离经",门楣上是四个油漆斑驳的大字:"张铁嘴寓"。林焕仁一看,心里的石头落了地:妻子并不想投东河,她是跑到这里来求助于张铁嘴的。

中堂上挂着一副色彩晦暗的"虎图"。张铁嘴常说:"人到五十五,胜似下山虎。我快到五十五岁了,无病无灾,就靠了这张虎图,它好比福星高照。"

此刻,他坐在"虎图"下方的一张条桌后面,摇头晃脑地和前来"问卜"的一个青年人谈话。

袁美娥和林焕仁先后在另一张条凳上坐下来。袁美娥仿佛没有看见丈夫坐在身旁,不去理睬他,却同张铁嘴打了个招呼。

张铁嘴对坐在条凳上的夫妻俩点点头,示意他们等一下,不厌其烦地对那个青年人说:

"总而言之,我研究了五十年的卜筮星相学说,同你们常说的唯物史观并不冲突。我所说的金、木、水、火、土这'五行'的生克——金生水,水生木,木生火,火生土,土生金;金克木,木克土,土克水,水克火,火克金——并不是固定不变的,它们是由物质而来,随着一定的时间,相当的数量,而发生变化。打一个最简单的比方,五行生克同人类吉凶休咎的关系,好比地理环境同人种的关系,例如,非洲多黑人,欧美多白人,而黄种人多在亚洲。这你该懂吧?所以,我用五行的生克来推定人的吉凶休咎,保证百不失一。"

那个青年人显然在张铁嘴这里算了个"好命",满意地站起来付了钱,连声说着感谢的话。

"最重要的是给传名。"张铁嘴摇晃脑袋说。

"对,我一定给张先生传名!"那个青年人答应着,踌躇满志地离去了。

袁美娥其实并不相信卜筮星相这一套,更不敬仰张铁嘴的为人,她今天到此求卦,是在百般无奈、走投无路之时,想碰碰运气。——"运气"这个东西,袁美娥倒是相信的。

那个青年人刚出门,张铁嘴不像平时那样,先跟这夫妻俩寒暄一番,而是开门见山地说:

"美娥,林经理,你们光临寒舍,在我意料之中。事在燃眉,快报出家柱的年庚生月吧。"

夫妻俩惊异地互相望了一眼。袁美娥正要报数字,被张铁嘴制止了。他说:

"儿子的年庚生月,要由父亲报。"

"家柱生于阳历……"林焕仁说。

张铁嘴立即制止道:"要按照阴历的报法,例如甲子、乙丑之类。"

"这……我就搞不清楚了。"

"还是让我来!"袁美娥流利地说出家柱出生的阴历日期和属相。

她说完,低声骂自己的丈夫:

"你哪配做父亲,连儿子的年庚生月都搞不清楚!"

张铁嘴听罢,干枯的眼睛在深陷的眼窝里紧闭着,口中念念有词,同时掐指计算;片刻,他睁开眼,额头上的几道很深的皱纹随即向上堆拥,他用歌吟的语调说道:

"再占一卦定方位。"

他站起来,从桌上的卦筒里取出边缘已被磨得光亮的红木卦,朝地上一扔;他俯身看过,低声吟哦。

袁美娥和林焕仁根本听不懂张铁嘴念的是什么。他俩坐在条凳上摸不着头脑,眼睛直勾勾地看着张铁嘴的神奇表演。

张铁嘴用咄咄逼人的眼睛扫视了他俩一下,拾起红木卦,回到"虎图"下面正襟危坐,改用戏剧中的"念白"腔调说:

"夫卜筮星相之学,不外乎阴阳五行。有阴阳即有五行,有五行即有生克,而理与数之或盈或虚,或消或长,胥观焉。"

"张铁嘴,我们到哪里去找家柱呢?"袁美娥忍不住了,走到条桌跟前问道。

"他的去向,于卜筮星相之中已现之。"张铁嘴提高嗓门说,"美娥,你报了年庚生月以后,我掐指运算、占卦,得知他现在在我们的正西方。"

"真的?"袁美娥神志恍惚。

"那还用说!鄙人抉十三经之精蕴,蒐念四史之名言,悟彻三才,包罗万象,还有错的?"

"怎么去找的我的儿子呢?"袁美娥又问。

张铁嘴的手朝屋门正中一指,说:

"这就是正西方。你们邀约数人,带上竹竿,朝着这个方向一直前行,水洼、沟壑、山岗、土坡,均莫放过,就一定能找到踪迹!"

"铁嘴先生,真的那么灵验吗?"林焕仁不相信。

"诚则灵矣!"张铁嘴摇晃着脑袋说,"林经理,这里房屋要拆迁,我要搬到你们那里过渡,我们就要成为紧邻了,我还能骗你? 不过,刚才不是由你报的年庚生月,可能有点偏差,但是必有收获!"

"'必有收获'是什么意思?"林焕仁问。

"少啰唆!"袁美娥白了丈夫一眼,她恨不得马上兴师动众去找儿子,就问张铁嘴,"靠什么定方向呢?"

林焕仁也有点不耐烦了,没好气地插嘴说:

"朝着西沉的太阳往前走,就行了呗!"

"对,还是林经理聪明。"张铁嘴干瘪的嘴角被笑容牵动了一下。

以袁美娥为首的一支搜索队,按照张铁嘴指的方向,结伴前行,沿路寻找林家柱的下落,已经整整两个小时了。

搜索队的成员除了林焕仁以外,还有厨师阿卫,生产组长阿松。他俩是袁美娥用眼泪和骂声,催促林焕仁到餐馆临时拉来的。陈静美听说要去寻找林家柱,也参加了搜索队。

阿卫身材魁梧,背阔胸宽,他提着一根又粗又长的竹篙,遇到水洼沟壑就捅几下。他认为此行毫无意义,但为了给经理帮忙,还是干得很卖力。

阿松身材适中,长得很帅。他背着一个鼓囊囊的书包,拿着一根不很长的木棍,捅着路上见到的松散的新土。虽然大家都没有说要找的是活人还是尸体,但他心里很明白,经理的儿子可能已经不在人间了,某处松散的新土内,或许就是这个少年的葬身之地。

陈静美一言不发,用冷峻的目光注视着眼前的事物。

袁美娥一路上跌跌撞撞,哀声叫唤着:"家柱,快回来呀","乖乖,你在哪里呀",使人听起来毛骨悚然,十分揪心。

林焕仁紧锁双眉,表情沉痛。他也提着一根又粗又长的竹篙,不管遇到水洼沟壑,还是土堆草丛,都用力捅得直响。

夜幕徐徐降落下来,两边小树林的轮廓逐渐变得灰蒙蒙的,附近传来隐约可闻的狗吠声,一辆汽车向西开过来,一缕烟尘扬到上空,同越来越暗的天空融合在一起。

林焕仁看看天色,又看看手表,让大家停下来,走到妻子身边说:

"美娥,时间不早了,再往前走,今天就回不去了,我看就找到这里,回去再说吧。"

"回去?"袁美娥瞪了丈夫一眼,"才找了两个钟头就回去?"

"天色晚了呀!"

袁美娥一只手叉在腰间,一只手指着丈夫的鼻子,大声大气地说:

"你们男人的心最狠!要不是你那么早就跑到店子里去充数,家柱也不会落得这样……"

她说到这里哽住了。稍顿,她又号啕大哭起来。

林焕仁看到又勾起妻子的哀念之情,急得团团转,嘀咕道:

"又没有带干粮,可不能饿着肚子走路呀。"

阿松走过来,把背在身上的鼓鼓囊囊的书包往前一挪,对林焕仁说:

"林经理,我知道您喊我们做的事不是一下子能够办完的,特地准备了满满一书包的面包和可乐。"

"你真机灵啊,大组长!"阿卫用竹篙轻轻敲了一下阿松的屁股,"走一步能够看三步,怪不得我们的老板喜欢你!"

他把手伸到阿松的书包里,掏出两份面包和可乐,递给陈静美一份,自己留一份。

阿松殷勤地把面包和可乐递给林焕仁和袁美娥。林焕仁坐在一个小土堆上吃着面包,喝着可乐;袁美娥说了一声"谢谢你",又把面包和可乐放回书包里了。

阿松坐在木棍上,一边吃着面包,一边指着侧面不远的道路说:

"林经理,前面有个加油站,我姐夫在那里工作,到了那里,不管能否找到家柱,让他找辆汽车把我们送回去。这样,师娘的心愿了结啦,您担心的问题也可以解决。行吗?"

"大组长,你可是左右逢源呀!"阿卫说着,擂了阿松一拳。

"我这里也有一件东西可以为老板效劳,"阿卫从衣袋内掏出一只手电筒,"里面装的是新电池!"

林焕仁点点头,苍白的脸上露出一丝苦笑。

经过休整,搜索队继续西行……

第十三章　义犬追踪

一盏梁大明自制的台灯立在房间里的方桌上,灯光从低垂着的灯罩里射到桌面上,桌上的书包和练习本又把光波反射开来,房间里简单的陈设现出隐约可辨的轮廓。

梁大明伏在桌上,聚精会神地解答数学习题。

这盏台灯也给梁奶奶带来了方便。她戴着老花眼镜坐在方桌的另一方,为孙子织毛衣。

梁大明做完了最后一道应用题,思想再也"箍"不住了。他的眼睛望着练习本,脑子里却浮现小老师林家柱给他讲授球艺时的亲切面影,教他射门时的勃勃英姿。已经两天了,家柱到哪里去了呢?

这时,"德力"叫了一声,触发了梁大明的灵感,他联想起前天开班会的时候,老师讲的"警犬追踪"的故事。由"警犬",梁大明想到他的"德力"。他一边转动着铅笔,一边在心里说,我的"德力"会做算术,连奶奶都夸它"通人性",我何不把"德力"当警犬用用,让它领着我去找家柱?……那,把什么东西给"德力"先闻闻,让它根据这个东西的气味去找呢?——对了,这个东西还有个名字,叫作"嗅源",是教我养狗的马大叔告诉我的。

梁大明炯炯有神的眼睛在台灯的光芒中滴溜溜地转动着;突然,他的眼睛不动了,盯住了床下的一双半旧球鞋。前天清早,林家柱给梁大明传授球艺,一不留神脚踝被石子划破了,到医院包扎后,穿不进自己的球鞋,穿上梁大明的,他的这双鞋就由梁大明带回来了。

"鞋子是天天穿的,它保留的气味最浓,是个好'嗅源'!"梁大明高兴地想。

他向奶奶讲明自己的想法,得到奶奶的同意,但奶奶嘱咐他不许往野外走,他"嗯"了一声,提上那双球鞋,到天井里牵出"德力",离开了家。

路上,梁大明想到家柱是在家里不见的,让"德力"去找,最好从他家里开始,于是他牵着"德力"来到小老师家的后门口。梁大明知道,这里是林家全部成员的必经之路,每次林家柱离家外出,第一步就是从这儿迈出的。

除了远处俱乐部里传来依稀的喧闹声外,夜晚的新村静悄悄的。当乌云遮没月亮的时候,道路被浓重的夜色笼罩着,只有两边的墙上,隔着一定距离悬挂着一些淡黄色格子状的和菱形的光块。

梁大明站在林家门口,把林家柱的球鞋贴着"德力"的鼻子,让它闻了又闻。这时,在对面楼上亮着灯的窗口投下的菱形光块之中,梁大明看见"德力"那沉重的脑袋不住地晃动,它的黑色的大嘴张开了,露出白色的大长牙;脖子上粗壮的黑毛直立着,尖尖的耳朵开始进入"警戒状态",蓬松的尾巴也向上竖起。他知道"德力"已经十分兴奋了,就声音很小却有力地命令道:

"出发!"

"德力"在前,梁大明在后,离开林家。

沿途,梁大明频繁地拿出林家柱的球鞋,贴着"德力"的鼻子让它闻。

当走到那段用大方石块铺的三岔路的时候,"德力"踯躅不前,在三岔路口团团转,用它那毛糙的大鼻子闻着路上的每一块石头,甚至连石块间的每一道缝隙都没有放过。

梁大明看到"德力"徘徊不前,很着急,后悔刚才离家时慌了,没有把碗橱里的半碗红烧排骨带出来。要是现在能给"德力"加加油,该有多好!

"德力"又把三岔路口的每一块石头和每一道缝隙闻了一遍。它喘着粗气,终于做出了决定:向野外跑去!

梁大明这下可高兴了,拔腿跟上"德力"。奶奶说的不许往野外走的"戒律",他现在忘记得一干二净。

这时,梁大明后面有条黑影一闪,随即消失了。梁大明只顾跟着"德力"往前走,没有看到黑影。

铺着大方石块的路很快就走完了,前面是砂石路。路的一侧,有一道长长的围墙,是一家公司的仓库。一辆汽车从仓库里缓缓开出来,车灯发出的强光,照亮了前面的一排杨树;杨树背后,有几幢低矮的平房。汽车拐弯后,加足马力朝着市内的方向驰去。随着车灯的消失,这里的一切又变得模糊不清,甚至连近在咫尺的杨树也融进了黑暗之中。

"德力"在汽车拐弯时,车灯照到身上的一刹那,突然在地上打了一个滚,嘶嘶地叫着;梁大明知道,这是它"非常高兴"和"很有信心"的表示。他蹲下来,搔着"德力"背上的蓬松的毛,并轻轻拍了拍它那强大有力的后脖子,说:

"德力,不要激动,好好完成任务!"

梁大明说着,又拿出林家柱的球鞋让它闻了闻。

"德力"好像完全听懂了小主人的话,摇晃着尾巴,顺着砂石路向前奔跑。

砂石路的尽头有一座小桥,溪水在桥下潺潺流过。当梁大明跟在"德力"后面走上小桥的时候,月亮从乌云后面浮出来,惨白的光照亮了寂静的郊野。梁大明想,"德力"是往野外走,那一片地方无遮无盖,家柱这么晚待在那里干什么?

"德力"果然如小主人所料,一过桥,它就毫不犹豫地朝着通向野外的泥土路跑去!

一贯不知"害怕"二字的梁大明,这时觉得自己的心开始收缩了。今天晚上,他决定利用"德力"找寻他的小老师林家柱,并没有考虑林家柱现在处于一个什么状态,也就是说,他没有考虑林家柱现在是死还是活,但他认为要找的林家柱一定是一个活人,而绝对没有想到可能会找到一个死人,在老师讲的"警犬追踪"的故事里,那只警犬追踪的也是活人嘛!

"德力"已经跑到野外的小道上,梁大明现在意识到,在这个荒野,在冰凉的黑暗中,活人是待不住的,"德力"领他找的一定是死人了!

提起"死人",梁大明觉得心里涌动着一种神秘而难以言喻的恐惧。他长到这么大,除了在电影里看过"死人"以外,还从来没有看到过一个真正的死人!当他想到,他要去找的这个死人,是由他十分熟悉的活人变成的时候,他觉得,自己的心在剧烈颤抖……

然而,为了寻找小老师的下落,哪怕是他的尸体,他也要硬着头皮往前闯!

梁大明只顾跟在"德力"后面往前走,一点也没有察觉在他过了桥以后,有一条黑影尾随着他……

"德力"领着小主人来到一条水沟旁,就驻足不前了。梁大明凭借月光看到这条沟里的水是从小桥底下流过来的,在这里流动得不快,沟边长满乱草,间或夹杂着小石块。他站立的地方,有一棵不高的杨树。"德力"拼命"汪汪"叫着,震动了寂静的郊野;在吠声短暂停歇的时候,"德力"又大口大口地喘着粗重的气息,全身的肌肉都随之抖动。梁大明看到"德力"的这副模样,起初还以为它因过不了水沟而烦躁不安;后来他把沟的宽度一比,这条水沟不仅"德力"可以跳过去,自己也能跳过去,这下他明白了:"德力"窥视的是沟中之物! 只因为主人还没有发布命令,所以它十分着急。梁大明于是把手一挥,叫道:

"德力,跳下去!"

"德力"仿佛为了表示自己领受了命令,用劲把脑袋向上一扬;随即,四只脚猛地朝后一蹬,"扑通"一声,纵身跳入水沟。

几秒钟以后,出现了一幅惊人的图景:明亮的月光下,"德力"那黑色的大嘴,托着一个白色条状的东西浮出了水面!

梁大明看得很清楚,那是一个穿着白背心、白短裤的小孩的背面。此刻"德力"正用它的大嘴,吃力地顶着小孩的肚皮。

梁大明害怕小孩——严格地说,是小孩的尸体——又落进沟里,这时不知从哪里来了一股子非凡的勇气,他蹲在水沟的斜坡上,一只手抓住沟边那棵杨树的根部,一只手伸向沟里,抓住"小孩"的右胳膊;"德力"看到小主人来配合了,又用力把大嘴朝上一顶;梁大明再一用劲,"小孩"就被拖到岸上,面部朝着月光。

刹那间,梁大明清楚地看到,这是一个像"胖头鱼"那样发泡了的脑袋,面颊肿得青亮,眼睑由于过分肿大,把闭成一条线的眼睛遮没了,嘴唇又大又厚,向外翻着,四肢和躯干都肿胀得不像人的肢体了……

他还看见,尸体的脖子上还缠着几圈东西,好像是电线……

这时,梁大明又抱怨月光太明朗了,使他看清了一副从未见过的恐怖形象,令人窒息的恐怖形象,终生难忘的恐怖形象!他觉得,刚才手指接触尸体的冰凉感觉,已经变成一股凉气向臂膀蔓延,穿过全身,浑身血液好像就要凝固;而当尸体白背心上的"雏鹰"二字闯进他的眼帘的时候,他感到呼吸也快停止了!

"德力"抖动着身子,甩干身上的水,莫名其妙地看着主人呆呆地站在那里,低下了头,不知如何是好。

一直尾随着梁大明的那条黑影,这时蹿上来了!

梁大明背对黑影站着,没有察觉到那条黑影竟是一个彪形大汉!他高高举起一块笨重的、多角的石头,向"德力"猛砸过去……

随着一声沉重的撞击声,"德力"发出撕心裂肺的吠声,口吐鲜血,一头栽倒在地上……

眼前突然发生的事情震惊了梁大明,他猛然回头,看见一个几乎比他高一倍的陌生人直扑过来,不禁大声叫喊:

"抓——坏——蛋啊!"

这清脆嘹亮的童音,在静谧的旷野里传得很远很远。

那彪形大汉见梁大明呼救,迟疑了一下;他后退一步,小声说道:"不要怕,我不杀你。"梁大明张口结舌,定住不动了。

彪形大汉不再理睬梁大明,以极快的动作从地上抄起"德力",背到肩上,跨过水沟,朝前奔去……

一阵急促的脚步声从木桥那边向这里传来,脚步声中夹着呼喊声:

"梁大明……"

梁大明听见喊自己的名字,从呆若木鸡的状态中觉醒过来,叫道:"我在这里!……"

脚步声越来越近,王宏彬、刘洋凯跑过来。梁大明认识王宏彬,喊道:"王警官……"

"阿明,坏蛋在哪里?"王宏彬问。

梁大明指着彪形大汉逃走的方向说:

"坏蛋砸死'德力',把它抢走了!"

刘洋凯一眼就看到沟边的那具背心上面有"雏鹰"二字的尸体,激动地瞥了梁大明一眼;然后,他冲着彪形大汉的背影命令道:

"站住!"

"不站住就开枪了!"王宏彬的嗓门更响。

王宏彬留下来保护梁大明;刘洋凯大步跨过水沟,疾风闪电似的去追赶彪形大汉。

梁大明这时完全清醒了,问道:

"王警官,你们怎么来的?"

今天下午,刘洋凯把使用警犬的想法告诉王宏彬,王宏彬当即提出,有个少年叫梁大明,养了一只名叫"德力"的牧羊犬,十分机灵,会做算术,不妨借来权充警犬。刘洋凯很感兴趣。晚饭后,两人来到梁大明家,梁奶奶告诉他们,孙子牵着"德力"找林家柱去了。王宏彬、刘洋凯循迹找寻,最后经那家公司仓库看门的老工人指点,他们走上了木桥,这时正好听到"德力"揪心的吠声和梁大明的呼喊,于是寻声跑来。

王宏彬简单地跟梁大明讲了寻找他的过程,随即说道:

"阿明,你向奶奶讲明了想法,说了实话,所以我们一下子就找到你了!"

梁大明看到林家柱的尸体,想起"德力"的最后一声惨叫,"哇"的一声哭了:

"王警官,我的小老师死了,我的'德力'再也不能跟着我了……"

听了这话,王宏彬十分同情,走过去给梁大明擦眼泪,说:

"阿明,你是好样的,你的德力也是好样的!"

刘洋凯经常练长跑,有功底,越跑越快;彪形大汉背着沉重的"德力",越跑越慢。过了一个小土坡,刘洋凯一个箭步冲上去,伸手把他逮住了。彪形大汉连声说道:

"我该死,我该死……"

第十四章　草丛裸尸

"德力"已经发现林家柱的尸体,但是,以袁美娥为首的搜索队并不知道,还在继续寻找。他们沿着道路的右侧,又向西行进了两个半小时。

夜风撕碎了月亮四周的乌云,露出了一大片清朗的夜空。道路左侧的平地、右侧的山岗和低矮的灌木丛,在月光下呈现出清晰的轮廓。

"多好的月色呀,走路不用照电筒。"阿卫说。他提着那根又粗又长的竹篙,一边走着,一边不时地捅一捅灌木丛。

阿松跟在他的后面,没有说话,看样子很疲惫。他懒洋洋地背着那根木棍,在心里说:"这工作真没有意思,劳民伤财!可是,有什么法子呢,违背了经理的意愿就等于得罪了他!顺着他的意思来,即使不能马上升职,起码也可以避免被'穿小鞋'!"

阿松一想到自己现任的生产组长的职务来之不易,赶忙打起精神,把木棍从肩上取下来,用比阿卫捅得更响的、让经理听得更清楚的声音,"嗵嗵嗵"地捅着地面。

听到这个声音,走在后面的林焕仁提着竹篙抢上几步,气喘吁吁地问:

"阿松,你说的那个加油站,还有多远?"

阿松朝前方望了望,有点为难地说:

"哎呀,还得走半个钟头呀。"

林焕仁双手拄着竹篙站住,让阿松先走,自己等着走在最后的袁美娥。见她吃力地走过来了,林焕仁说:

"美娥,我看那个张铁嘴在骗人,找不到家柱了。"

"是啊,没有希望了。"她挠了一下额前散乱的头发,擦了一把汗,出了一口粗气。

"我看,你的心也尽到了。再走半个钟头就是加油站,到了那里,让阿松给我们搞一辆汽车坐回去吧。"

这一回,袁美娥没有跟丈夫顶撞,她已经筋疲力尽,说话也成了沉重的负担。她选择一句最简单的话,有气无力地说:

"好。"

林焕仁看她的样子,怕她连加油站也走不到,就又赶上前几步,对阿松说:

"看样子你经常去加油站,你看,有没有一条近路走?"

阿松沉吟了一下,说:

"有倒是有一条近路,只是比较偏僻,白天都很少有人走,这晚上……"

"怕什么?"林焕仁截住他的话,"我们有五个人,都是身强力壮的,难道怕被鬼打死了?"

袁美娥现在巴不得走近路,哪怕少走一步也是好的。她不反对,这个抄近路的方案就定了。

"抄近路要翻过那个岗子呀!"阿松朝右前方一指,仍想用困难来打消经理的念头。

"这一带的岗子我们今晚也走了不少,跟平地差不多,怕什么!"林焕仁说,拉着袁美娥的一只手臂。

袁美娥点点头。五人便向右前方出发了。

他们将要翻越的那个山岗确实不高,也不大,但由于离公路较远,平常很少有人到这里来,显得十分偏僻。山岗上灌木茂密,乱石嶙峋,右侧同一座荒山相连。那高大的黑影遮住了夜空的一部分,阻碍了人们的视野,使这里的气氛变得更加阴森。

一行五人登上这个山岗时,前面灌木丛中突然飞起一群乌鸦,刺耳的叫声使人毛骨悚然、胆战心惊!

"这是不祥之兆!"阿松在心里嘀咕道。

他后悔自己刚才嘴巴太长,不该把这条近路告诉经理的。

在山岗上,谁也没有讲话,只听见脚步声和竹篙、木棍捅在灌木和泥土上的声音。

"啊⋯⋯"

突然,走在最前面的阿卫发出了一声凄厉的、拖长的叫喊,站在那里不动了。

阿松离阿卫最近,他没有上前探问究竟发生了什么事情。

林焕仁、袁美娥也没有上前。

空气凝固了几秒钟。

陈静美感到出事了。

她从林焕仁手里接过竹篙,由后边走到前面去,边走边问:

"阿卫,怎么啦?"

"我,我的竹篙,捅,捅到一个柔软的东西了。"阿卫有点口吃地说。

"柔软的东西?"陈静美重复了一句。

"我捅了五个钟头的竹篙,才头一次有这么个感觉。"阿卫补充道,一只手还握着那根捅到"柔软东西"的竹篙。

"打开手电筒照照。"陈静美提醒阿卫。

与此同时,陈静美也用拿在手上的那根竹篙,朝那个"柔软的东西"轻轻捅了一下。

"下面确实有一个柔软的东西。"陈静美说。

阿卫从灌木丛中把那根竹篙抽出来,掏出手电筒往下面照;灌木又深又密,看不清楚,他就一只手拿着手电筒,一只手提着竹篙把灌木往一边扒,与此同时,陈静美也用竹篙把灌木往另一边扒;就在这一瞬间,阿卫僵住不动了。

"人,一个女人!"他惊叫道。

陈静美看到一位年轻女性仰面朝上,双腿张开,呈大字形躺在草丛中,衣服不知去向,身体完全赤裸,疑是遭强奸后被杀害。

陈静美从呆若木鸡的阿卫手中拿过电筒,蹲下身子,摸了摸该女性的颈动脉,确定已经死亡。

阿松走过来,用手电筒照向这具年轻女性的裸尸,心里暗想:"好美的身体呀!"她的乳房硕大,下腹部白而细嫩,体毛丰密……这些特征使阿松很快想起曾经与他有过肌肤之亲的少女、原新村餐馆服务生——鲁玉英。

阿松大声说道:"她就是不久前离职的鲁玉英。"

林焕仁走过来,看了一眼:"真的是鲁玉英吗?"

阿松语气坚定地说:"肯定是鲁玉英!她离开餐馆后,到一家药厂上班去了。"

"药厂?"陈静美重复了一句。既然牵涉"药厂",可能不像一般的强奸杀人案那么简单。

当天深夜,警署对发现尸体的两个地点进行了细致的现场勘查,但都没有发现足迹鞋印或提取到别的痕迹物证,也没有找到鲁玉英的衣服。

"德力"在水沟里发现的那具小孩尸体,经梁大明、林焕仁辨认,并经技术手段印证,认定死者是林家柱。

那具在灌木丛中被发现的年轻女性尸体,幸亏阿松当时就认出是离职不久的员工鲁玉英,否则会成为无名女尸,更增加办案的难度;经家属辨认,身份也得到确认。

警署将林家柱被害案交给王宏彬侦办,王宏彬提议请刘洋凯协助,刘洋凯当然同意。

鲁玉英被奸杀案,则由警署安排专案组侦办。

刘洋凯、陈静美回到侦探公司。

他俩一起察看一根电线——就是昨晚梁大明看见缠在林家柱脖子上的东西。王宏彬在警署开完会,拎着提包推门进来了。他看到工作台上的那根电线,劈头就问道:

"林家柱是被勒死的吗?"

陈静美点点头:"大侦探已经做出结论。"

王宏彬把手提包挂到挂衣钩上,正要从口袋里掏东西,陈静美微嗔地一笑,制止道:

"这里只准喝茶,不准抽烟!"

"遵命,遵命。"王宏彬笑着缩回了手。陈静美给他倒了一杯茶。

刘洋凯向王宏彬介绍林家柱尸体剖验情况:

"尸体的颈部有深度均匀、呈环状平行围绕的索沟,并有轻度的表皮剥脱和皮下出血;甲状软骨和环状软骨均有骨折;舌尖挺于上下齿列之间;颜面青紫肿胀,口唇发绀,眼结膜有出血斑……从这些特征来看,可以认定林家柱是被他人勒颈致死的。

"一般的勒死,尸表应该有挣扎、抵抗的伤痕,可这具尸体的颈部、口腔、颜面、手指等部位,都没有这样的损伤。这足以说明,这个可怜的孩子是在昏睡中被勒死的。"

"就是这根电线!该死的电线!"陈静美指着那根绿色的电线,愤愤地说。

王宏彬沉重地点着头,然后神秘地说:

"对于这根杀人的电线,我倒可以做点'文章'哩!"

他从挂衣钩上取下手提包,手伸进去摸出一圈电线——也是绿色的!这时,四道目光一齐集中到他的手上。

王宏彬把这圈电线同那根杀人的电线并排放在一起,显出胸有成竹的样子,说:

"我不懂电工方面的知识,但我认为,从电线的颜色、粗细、股数以及新旧程度来看,特别是从长度来看,这根杀人的电线,就是从这圈电线上剪下来的!"

"'从长度来看',这话是什么意思?"陈静美不解地瞪着王宏彬。

他先不回答,却从警服口袋内掏出一把钢皮卷尺,把那圈电线展开拉直,测量它的长度,并报出读数:"两米三五";再测量那根杀人的电线的长度,又报出读数:"一米六五。"

看到王宏彬那副一本正经的样子,刘洋凯笑着说:

"阿彬肚子里,倒真有点'文章'呢!"

"两米三五加一米六五,正好是四米。"王宏彬自言自语地说。

陈静美这时记起王宏彬曾经打电话问过缠在尸体颈上的电线的

长度,现在他又测量,又计算,可见这里面确有奥妙;但王宏彬不肯往下讲,她于是走过去拍拍他的口袋,露齿一笑,说:

"阿彬,本来规定在我们这里是不准许吸烟的,现在为了听听你肚子里的'文章',暂时解除'禁令'!"

"这就对了!"王宏彬乐呵呵地拿出一支烟叼在嘴里,抖搂出自己的"文章"——

昨天晚上,袁美娥饱受了惊吓,回家以后,林焕仁被叫去辨认"德力"找到的尸体,她肯定已经从丈夫口里知道自己的儿子确已死亡的噩耗;这样剧烈的感情震荡,对于这个过去很少操心着急的妇女来说,是难以忍受的,如果处理不好,还会发生新的变故。王宏彬于是把袁美娥及其家庭,当作自己的重点工作对象,抽时间又去了袁美娥家。

一到门口,王宏彬就听到袁美娥用哭腔喊道:

"我的家柱真的死了!我也碰到死人了!这样下去,还要死人的哟……"

王宏彬走进屋,林焕仁告诉他:像这样的哭喊,已经不知重复了多少遍!

袁美娥和衣坐在床上,腿用被子盖着,披头散发,昔日的丰姿荡然无存。她见王宏彬进来,痉挛的手一把抓住他,怪声叫道:

"王警官,你打我的耳光吧,你把我抓走吧!怪我,都怪我!我爱赌博,赌红了眼,一晚上没有回家,把儿子赔进去了哟……"

王宏彬轻轻推开袁美娥的手,温和地说:

"袁师奶,你现在知道错了,这很好,但也不要过分难过。你还要保持清醒的头脑,好好回忆前后情况,帮助警方破案呀。"

"是,是,要破案,要抓住坏蛋!"袁美娥直点头。

经王宏彬劝说,她不再唠叨了。王宏彬又把林焕仁倒给自己的那杯热茶转递给她:

"袁师奶,喝口茶,好好休息一下。"

楼下刚刚安静下来,王宏彬又听到楼上传来少女的抽泣声。他对林家的情况十分熟悉,不上楼就知道是谁在哭,于是对林焕仁说:

"林经理,家里出了不幸的事情,大家都很难过,你上楼去劝劝幺妹,让她也要注意身体。"

"唉!"林焕仁重重地叹了一口气,"又是龙船又是会。幺妹失去男友,忍着悲痛到市里上班,回家得知家柱被害,哭了一夜,劝也劝不住!"

"林经理,走,我陪你上楼去劝劝幺妹吧。"

林焕仁看到他刚才劝慰自己的妻子很有效果,现在他又要去劝慰幺妹,正是求之不得,赶忙走到楼梯口,喊道:

"幺妹,王警官来看你了。"

天已经大亮了,林幺妹房间里的那盏昏黄的灯还继续亮着,这表明它已经陪着主人度过了一个不眠之夜;主人被极为痛苦的事情牵住了全部注意力,它直到天明还吐着忧郁的光。

林幺妹一晚上没有挨床铺,痴痴地坐在那张条桌前,桌上放着一支笔和十多张写满字的纸。林焕仁告诉王宏彬,她坐在这里哭呀,写呀,写呀,哭呀,整整一晚上。

王宏彬进屋后,林焕仁给他拉过来一把椅子,他不去坐,站着扫视室内的环境,见到条桌的侧边有一个书架,就温和地对林幺妹说:

"幺妹,你很喜欢读书,是吧?"

林幺妹停止抽泣,点了点头。

这个书架共有四格,王宏彬翻了翻放在第一格上的书籍,又说:

"我也喜欢读书。我曾在书上读到过这么一句话:'男儿有泪不轻弹'。这句话我不能全部同意,难道妇女就应该哭哭啼啼?不,同样不要轻弹泪水。幺妹,你同意我的观点吗?"

林幺妹揩着眼泪说:

"王警官的话是对的,可是出了这么大的事,这眼泪就止不住了!"

"是的,你现在遇到双重不幸,心里当然难过;然而困难和不幸是一位严厉的老师,它将教会我们如何生活。因于环境的人是弱者,改造环境的人是强者。幺妹,希望你战胜它们,成为一个强者……"

王宏彬说到这里,突然看到书架的第三格上有一圈电线,便把话停住了。昨天晚上,他搬运林家柱的尸体的时候,对缠在尸体脖子上的那根电线留下了深刻的印象。当时,因尸体没有经过检验,电线不能解下来,他不知道电线的长度和规格;但是常识告诉他,那根绿色的电线无疑是杀人工具！眼前的这根电线,粗细同尸体上的差不多,颜色居然也是绿色的！他于是把手伸到书架上,将那圈电线拿过来……

就在王宏彬拿出电线的时候,林幺妹突然惊叫道:

"咦,这圈电线怎么变少了?"

她没有见过家柱的尸体,也不知道缠在家柱脖子上的电线,而眼前这圈电线是上星期她哥哥林焕仁买回来准备给她安装台灯的,她当然记得它有多长——一共是四米,绕了十圈。不过,之前由于她沉浸在深切的悲痛之中,没有注意书架上的这圈电线;现在王宏彬将它拿出来,电线只剩下六七圈了,一下子少了好几圈,这个明显的变化她就看出来了。

林焕仁经妹妹提醒,看看王宏彬手上拿的电线,也说变短了。

"这圈电线原来有多长?"王宏彬问。

"整整四米长,买回来还不到一个星期,发票还在。"林焕仁说。

王宏彬让林焕仁拿来一把尺子,一测量,这根草绿色的电线只剩两点三五米了!

"你们自己谁也没有动过这根电线?"王宏彬问。

"没有动过。"兄妹俩几乎是同时答道。

当王宏彬看到电线一端的断面是新痕迹,而且像是圆弧形的时候,兴趣更大了。

"得赶紧打个电话问问静美,尸体上的电线有多长,如果正好是一点六五米,那……"他兴奋地想着,对林焕仁说,"林经理,这圈电线我带回去看看。"

"行,那行……"

听完王宏彬的"文章",陈静美高兴地说:

"阿彬,我们中华文化中有'处处留心皆学问'一说,你做得不错呀!"

王宏彬扔掉香烟头,弹了弹身上的烟灰,微微一笑,说:

"我们警务人员,当然要处处留心,眼观六路,耳听八方,搜集各种物证,侦破各类案件!"

王宏彬提议,去看守所一趟。

"去看守所?"陈静美问,"是不是审问昨天砸死'德力'的那个家伙?"

"对。昨天晚上我们忙于勘查现场,没有来得及对他进行审查。"

"好。"刘洋凯忙着收拾电线。

王宏彬问:"大侦探,你认为那家伙为什么要砸死'德力'?"

"他昨晚的行动我们看得比较清楚,我也有个初步想法,但仍要做进一步审查。他砸死'德力',有两种可能性:一是阻止梁大明发现尸体,先砸死'德力',后向梁大明下手,见梁大明呼救,故意背着死狗逃窜;二是偷鸡摸狗,危害治安。如果是前者,我们就抓住不放,追查到底;如果是后者,我们马上撒手。"

王宏彬带着刘洋凯和陈静美来到看守所,对砸死"德力"的郑发贵进行审问。他说:"我偷渡来纽约后,拼命工作还没有还清'蛇头'的阎王债,我就想到了打狗……"

"你为什么单单要打狗呢?"王宏彬问。

"因为纽约的移民中,有些人喜欢吃狗肉。"

郑发贵接着交代了昨晚打狗的经过:

"上次打狗卖的钱已经用完,我就想再打一只,正好碰见那个小孩和那只大狗往郊外走,我想机会来了,就尾随着。过了小桥,我发现这小孩好像要让狗找什么东西,就不忍心打;后来找到一具小孩的尸体,那只狗已经完成任务,我就用一块大石头把那只大肥狗给砸死了。"

"你砸死了那只狗,接着又向小孩猛扑过去,想干什么?"刘洋凯问。

"那是小孩在惊慌中看错了。我不是向他扑过去,是向那只狗扑过去,想抱起来就跑……"

"为了偿还'蛇头'的阎王债,就应该偷鸡摸狗吗?"王宏彬严肃地望着郑发贵。

"错了,我错了。"

第十五章　铁嘴钢牙

　　鲁玉英的尸体是袁美娥一行发现的,袁美娥一行所走的方向又是星相术士张铁嘴圈定的,发现尸体的方位同张铁嘴指定的方向大体上一致。这是巧合呢,还是张铁嘴变的什么把戏?

　　刘洋凯要弄清这个问题,首先必须知道张铁嘴把寻找的方向定在"正西方",是以"卜筮星相"为依据,还是信口开河,抑或是其他情况。他为此访问过袁美娥和林焕仁,他们说那天张铁嘴占卦时念念有词,他们根本听不懂,更谈不上记下来了,所以,刘洋凯决定亲自探访张铁嘴。

　　张铁嘴已经从开发商那里得到了一笔拆迁费,昨天让出了他的那间摇摇欲坠的破屋,搬进了袁美娥出租的楼下前房,今天一大早,就到路边搭好的棚子里继续营业了。

　　袁美娥一行在张铁嘴圈定的方向发现鲁玉英尸体的消息,沸沸扬扬地在新村一带传开了。虽然袁美娥找到的不是她的儿子,但找到了另外一个受害者。因此人们都说张铁嘴的卦真灵。一个经常旁听张铁嘴算命的老头子逢人便说:"张铁嘴前天是说儿子的年庚生日要由父亲报,可林焕仁搞不清楚,就由袁美娥报了,结果弄了个有点偏差,但是必有收获。如果由林焕仁报儿子的年庚生月,保管分毫不差!"

张铁嘴在占卜上大大地显摆了一次身手,抽签问卜者络绎不绝。

一个妙龄女郎正在聆听张铁嘴的"教诲"。张铁嘴坐在"虎图"下方的条桌后面,口里念念有词:"太极生两仪,两仪生四象,四象生八卦,八卦定吉凶,吉凶生大业。"然后煞有介事地对女郎说:

"你的这个'命'不好呀,姑娘!你的'命'主劳碌,就是俗话说的'劳碌命',无论做什么事,都要经过多次折磨才能成功,失意事很多。在二十五岁以后,方可完婚,不然,则克夫。"

"那,那怎么办呢?"女郎诚惶诚恐。她今年二十四岁,本来是为选择"黄道吉日"结婚而求教于张铁嘴的,还没有开口,却听到自己的"命"如此不幸。

坐在刘洋凯前面的那个中年人提醒女郎:"你掏点钱出来,请张铁嘴把你的'命'改一改。"

张铁嘴一听,忙说:"此言差矣!'命'与'运'不同,运可以改,命不可以改。"转向女郎,"姑娘,你还是听我的忠告,二十五岁再结婚吧!"

女郎点点头,悻悻地走了。

"张先生,给我看个相。"刘洋凯说。

张铁嘴打量了刘洋凯一番,离开座位走过来,让刘洋凯伸出手左

手,煞有介事地看了一会儿,然后回到"虎图"下坐定,笑容可掬地对刘洋凯说:

"你的这个'命',是我今天算的最好的'命'。其人思想灵敏,才智过人,文武双全,善于社交,一生衣食不愁,俗称所谓'安乐命'是也!"

刘洋凯等张铁嘴讲完,对他说:

"张先生,我听人说过,您用阴阳五行来推定人的头面、五官、腹背、四肢、声音、气色,以至于骨肉毛发,行止坐卧,全都丝丝入扣,头头是道。从今天的情况看来,果然名不虚传!"

张铁嘴听着刘洋凯的恭维,两只眼睛在深陷的眼窝里得意地转了一圈。

刘洋凯问:"张先生,有的人不相信阴阳五行,您看如何说服他们?"

张铁嘴用舌尖舔了舔嘴唇,似乎有点激动地说:

"是的,现在有不少人不相信阴阳五行,还斥责别人迷信,可笑的是他们根本不懂'迷信'二字。喜欢怪僻行为的,是迷,而不是信;领悟哲理的,是信,而不是迷。为什么这样说?因为怪僻的行为既虚又妄,无凭无信,只能使人迷惑;而生活的哲理确实可见,确有所指,可以使人深信不疑。人生天地间,天为阳,地为阴;日为阳,月为阴;昼为阳,夜为阴;晴为阳,雨为阴;男为阳,女为阴。根据阴阳的道理而加以阐发的'卜筮星相',也就笃实可信了。若斥之为迷,那么试问:难道你的头上没有天,脚下没有地吗?难道你能不分昼夜、不管晴雨、不辨男女吗?天地间的万事万物,没有一件能够离开阴阳,没有一桩能够离开五行,这就是天地间的大义,这就是天地间的文明!"

张铁嘴越说越激动,最后慷慨激昂地站起来。

刘洋凯听着固然觉得可笑,但也不得不佩服张铁嘴穿凿附会的诡辩术。他迎合张铁嘴的口味说:

"张先生,这么说来,一切外而天地日月、山河草木、瓶盆车乘、宅舍琴书,内而血肉筋骨、手足耳目、脾肺肾肝、大肠小肠,全都受阴阳五行的主宰了?"

"对,对,对!"张铁嘴今天遇到知音,禁不住拍案叫好。他高兴地坐下来说:

"其实,阴阳五行生克,同数学、物理学、化学是息息相通的,天干地支二十二字,就好比是化学符号。所以,卜卦星相学,是各种科学的总和。"

刘洋凯觉得自己同张铁嘴谈得比较"投机"了,便趁势说道:

"张先生,前天您一卦定方位,让餐馆林经理找到了一位死者,真是运筹帷幄之中,决胜千里之外!想必卦文奇特,不同凡响。"

"也不是那么特别,'兑金正西'而已。"张铁嘴脱口而出。

"兑金正西"四个字,正是刘洋凯想知道的。他不虚此行,心中暗喜。

张铁嘴透露这句卦文时,干瘪的面孔上掠过一道镇定自若的光波。他一瞬间的表情,很快被刘洋凯摄入眼底。

"张先生,'兑金正西'是什么意思?"一位虔诚信徒忍不住插问道。

张铁嘴笑而不答。刘洋凯看这情形,知道从他口里再也掏不出什么有用的信息了。

这时,走进来一位花枝招展的少妇,求张铁嘴占卦,了解丈夫是否有外遇。刘洋凯便借机付钱退出。

刘洋凯向警署走去。

他牢记中华文化中提到的平时博闻强记,兼收并蓄,九流不弃,需要的时候就不致有"书到用时方恨少"之忧。张铁嘴透露的"兑金正西"四字,是"凡相宅先定八卦之方位"中的一个方位。刘洋凯清楚地记得,"相宅"的八个方位是:

| 坎水正北 | 坤土西南 | 震木正东 | 巽木东南 |
| 乾金西北 | 兑金正西 | 艮土东北 | 离火正南 |

这八个方位既然是"相宅"用的,那它跟"寻人"当然联系不起来。这表明他决定"到正西方寻人",在卜筮星学上找不到任何理论根据,也就是说,"到正西方寻人"这一结论,并不是由占卦决定的。

然而,袁美娥一行确实在张铁嘴圈定的方向发现了鲁玉英的尸体,这使刘洋凯不得不大胆地想到:张铁嘴可能看到或听到什么了!

刘洋凯来到警署,对王宏彬谈出了自己的推测。

王宏彬听罢说:

"对!张铁嘴一定看到或听到什么了!若果真是这样,张铁嘴就是知情人了。找准知情人是破案的关键,只要张铁嘴开口,我们就可能获得非常重要的情况。"

刘洋凯问:"张铁嘴在本地有没有亲朋好友?"

"他独来独往,没有十分亲近的朋友……"王宏彬沉思着说。

"一定得找个同张铁嘴有交往的人。一般的人去问他我估计他什么也不会说。"

"唔,有了!"王宏彬猛地一挥手,"我看到张铁嘴有时爱到新村浴室洗澡,他可能在那里有比较亲近的朋友,我这就给新村浴室挂个电话。"

少顷,王宏彬打完电话,对刘洋凯说:

"老刘,好消息!新村浴室的祝主任是张铁嘴的表弟。"

王宏彬向刘洋凯介绍祝主任。他四十五岁,高高的个子、仪表端庄、为人正派,王宏彬提议请他出面同张铁嘴谈话。

刘洋凯同意王宏彬的意见,并说:

"阿彬,请你把这个想法告诉祝主任,并征求他的意见。同张铁嘴谈话的时间越早越好。"

儿子死去三天了,袁美娥的眼泪流干,声音沙哑,百般无奈地披着上衣坐在床上,头靠着床架,让自己昏昏然睡过去。她若是平身躺在床上,反而睡不着。现在,她唯一的慰藉就是这种"非正式"的睡眠。因为,只有"睡过去"了,她才能忘掉失去儿子的痛苦,精神上得到休息。

然而,她休息不了一点时间,儿子就在她的梦中出现了。那绯红的面颊,长长的睫毛,明亮的眼睛,光润的肌肤,洋囡囡般的脸蛋,就跟平时看到的一模一样,而且近在自己的膝旁;可是,她伸手摸去,却始终摸不着,感觉是那么遥远,遥远……

好一会儿,她听到模糊的字句从儿子口里吐出来:

"妈妈,给我买双新球鞋!"

"家柱,我错了,那天晚上不该打牌……"

她在梦中忏悔着,凑过脸去吻儿子。这时,她觉得儿子的嘴唇冰凉冰凉的,就跟死人的一样。

于是,她呼喊着,抽泣着,直至惊醒……

"袁师奶,你怎么啦?"邹明祥听到袁美娥的呼喊,下楼来站在门边问道。

他见房里只有袁美娥一人,款步走进门内。

"我梦见家柱了……"袁美娥揉了揉眼睛。

邹明祥站在袁美娥的床边,不大自然地搓着手,一字一板地说:

"袁师奶,你也不要太难过了,流水不再回头,人死不能复生。如果过分折磨自己,就是对健康的极不珍视呀!你虽说不幸失去了家柱,可并没有失去一切,你还年轻,今年才三十二岁,还可以……"

后面三个字是"生孩子"。邹明祥可能意识到现在说这三个字不合时宜,便戛然而止。

袁美娥背靠在床架上时间久了,肩膀发酸,便想变换一下姿势。她刚一挪动身子,披着的衣服从一个肩膀上滑落下来,贴身穿的开领衫领口很大,那陡壁高耸形成的幽深峡谷,又跳入邹明祥的视野,并把他的眼帘撑得很大。

袁美娥很快察觉到邹明祥投过来的淫邪目光。这次,她因家柱的死陷进了痛苦和悔恨的深渊,开始憎恨这种目光了,便对邹明祥说:

"谢谢你的关心,我现在需要休息……"

邹明祥又说了几句安慰的话,悻悻地退了出来。

随着邹明祥上楼梯的沉重有力的节奏,自责感像小槌猛击着袁美娥的心。她回忆起自己对邹明祥的挑逗,他的入彀,以及他在偷香窃玉时喜惧掺半的面孔……当那天险些让家柱撞见的情景又映在她脑海的时候,她突然从床上跳下来,失声叫道:

"莫非是他?"

"他"字刚冲出口,袁美娥赶紧捂住自己的嘴巴,生怕被"他"听见。她想:他是个有知识的人,这种人往往最顾面子,他既然做了这种见不得人的事,又要顾全面子,会不会杀害我儿子?

"有,有这种可能性!"

袁美娥再也坐不住了，也不顾自己的面子了，决定把自己的想法告诉何干事……

陈静美从物证检验室拿到关于电线和药瓶的鉴定结果，回到侦探公司。

她对刘洋凯说："经过鉴定，勒死林家柱的那根电线，是从林幺妹房里的一圈电线上剪下来的。"

刘洋凯推断道："这说明杀害林家柱的凶手，具备自由出入林家柱、林幺妹房间的条件。"

陈静美又说："在林家柱房间里发现的药瓶，经过鉴定，里面残存的药液与瓶签上所印的一致，确系氯仿。"

刘洋凯接着说："氯仿是一种麻醉剂。凶手将氯仿倒在手帕上，捂住林家柱的口鼻致其昏迷，然后用电线缠颈将他勒死。"

"你怎么知道？看过鉴定书？"陈静美瞪大眼睛看着刘洋凯。

"这是我的推测。"

"物证鉴定室的专业人员就是这么认为的。"陈静美将鉴定书递给刘洋凯。

"在药瓶上发现指纹了吗？"刘洋凯问。

"有两枚指纹，正在进行比对。"陈静美说。

这时，办公室的门开了，王宏彬一个箭步跨进来。

他告诉刘洋凯和陈静美，何干事又到警署去了一趟。何干事对他说，袁美娥刚才找到管理室，承认了同邹明祥有过不正当的关系，并着重谈到对邹明祥的怀疑。

"这个情况太重要了！"王宏彬谈完情况，往沙发上一靠，加重语气说。

刘洋凯没有说话，交叉双臂，在办公室里走动着。

王宏彬望了陈静美一眼，同时伸手掏荷包，用眼睛"请示"：能不能允许抽一支烟？

陈静美露齿一笑，算是"批准"。

王宏彬喷出一大口烟雾，历数邹明祥的疑点：

"他同袁美娥勾勾搭搭，居心不良；那天被林家柱撞见，怀恨在心；林家柱出事后，他大谈'梦游'，存心掩盖。"

"照你这么说来，邹明祥有作案动机，事后又有反常表现，那他有没有作案时间呢？"刘洋凯问王宏彬。

"有！"王宏彬断然答道，"我到诊所调查过。邹明祥当夜班、林家柱出事的那天晚上，诊所附近发生了一起血腥斗殴，两个当事人后来都在诊所就医，还是静美和何干事送去的。外面的人拼命想挤进诊所看，里面的医护人员也谈论不休，整个诊所都闹腾起来。在那段时间里，邹明祥离开过工作岗位。诊所离林家柱的家很近，他要作案，有的是时间。"

陈静美补充说："邹明祥住在袁美娥家楼上前房，他只要存心作案，有条件私配她家两间房的钥匙；他是药剂师，可以从药房里私自拿走一瓶氯仿。"

王宏彬见有人支持，颔首微笑。

陈静美接着说：

"而且诊所的人都说，邹明祥总爱一个人独来独往，是个神秘人物。"

刘洋凯的手机响了，是学妹丁红娟从滨江市打来的。

丁红娟告诉刘洋凯，在清理因丈夫王邦亮通过阿宝认识艾琳背叛自己而自杀的少妇许香云的遗物时，发现阿宝参加的秘密药厂"奥姆科技公司"，在美国佛罗里达州奥兰多市天鹅酒店有联络点。

这是重大线索！刘洋凯感谢学妹及时提供信息，决定立即赶往奥兰多，纽约这边的侦查任务由陈静美、王宏彬配合完成。

新村浴室祝主任的办公室设在三楼。

窗户面对市区。今天晚上没有月亮，星星也都隐没在云层里。然而，窗口闪烁着纽约市中心的万家灯火，好像珍藏在深色金丝绒盒子里的夜明珠，给宁静的新村之夜增添了旖旎风光。

祝主任热情地接待王宏彬、陈静美，然后说道：

"利民旅社在加油站附近，我老乡是加油站的老板，三天以前，他的儿子结婚，把我和铁嘴都请去了。晚上，老乡特地把我和铁嘴安排在利民旅社住，房间号码106号，正好在你们说的鲁玉英住的房间隔壁。"

"有这种巧事？"陈静美禁不住插嘴说。

"无巧不成书嘛！不然,铁嘴这次占卦,哪能算得那么准？"祝主任继续说,"我并不认识鲁玉英,王警官下午告诉我,鲁玉英的亲属说,三天以前她在利民旅社108号房间住过,我当时也看到隔壁房里住着两个年轻漂亮的女人,铁嘴认识其中的一个,跟她打招呼,那个女人没有看见,进房间去了。"

张铁嘴认识鲁玉英临死前最后接触的人,这可是非常重要的线索！陈静美同王宏彬对了一下眼神。

祝主任接着说：

"老乡把我和铁嘴安排到106号房间,我本来也想住一宿,可心里总是惦记我们浴室,在房间里坐也不是,睡也不是,就叫出租车连夜赶回来了。铁嘴的嘴馋,第二天还有两顿酒,就留下来了。"

"铁嘴住的106号房间同鲁玉英和另一个年轻女人住的108号房间,中间只隔一道板壁,老年人瞌睡少,容易醒,隔壁房间里说话,铁嘴一定听得到。鲁玉英既是那天死去的,我想,铁嘴确实听到什么了！"

王宏彬点点头,同意祝主任的分析。

"旅社附近有没有其他建筑物？"陈静美问。

"只有两幢公寓楼和一个小公园。"祝主任说。

这时,副主任老余进来告诉祝主任："张铁嘴在街口出现了,就要进来洗澡。"

祝主任立即拿了一条毛巾,跟着老余下楼去。

按照商定的方案，祝主任也去蒸汽浴，在那里"碰到"张铁嘴，然后一道上楼来。办公室里有个值班时睡觉用的套房，这对表兄弟谈话时，陈静美和王宏彬待在套间里，一板之隔，正好旁听。

半小时后，陈静美焦急地瞥了王宏彬一眼，问：

"他俩怎么还不上楼来？"

"现在肯定还泡在蒸汽里，"王宏彬抓紧时间吸了一口烟，"你没有听祝主任讲，张铁嘴深得养生之道，常说'一天一个澡，无病活到老'。可见他对洗澡很讲究，不泡上半个钟头不会出池子。"

"你估计今天晚上会有效果吗？"

"你的看法呢？"王宏彬弹着烟灰反问道。

"我认为问题不大。我们没有出面，是'熟人'找'知情人'，再固执的人也会开口。"

"我也是这样想。"王宏彬又狠狠地抽了一口烟，而后喷出一大团烟雾，"常言道，'酒逢知己饮，诗向会人吟'，张铁嘴同祝主任是几十年的老兄弟，他还有什么事不便于告诉他？"

"那样就太好了！"

陈静美说着，憧憬地做了一个手势；她那伸向空中的纤纤素手，仿佛要采摘窗外的夜明珠。

楼梯口传来祝主任故意咳嗽的声音，王宏彬立即掐灭烟头，陈静美转身掩上房门，两人各自拉了一张靠背椅，在板壁前坐下来。

壁缝里，出现两张洗过蒸汽浴红通通的脸，祝主任同张铁嘴款步走进办公室。

"老表,你怎么今天想起要洗蒸汽浴呢?"张铁嘴一屁股坐到室内唯一的圆藤椅上,随手把装着换洗衣服的破书包甩到桌上,惬意地伸直双腿,"我几乎每天都来洗,可很少碰到你这个大忙人呀!"

"我现在也想学学你的养生之道。"祝主任掏出香烟递给表哥一支,自己衔一支,在他对面坐下来。

张铁嘴先将表弟的那支烟点燃,而后点燃自己的。他一面吞云吐雾,一面打量着对方,慢吞吞地说:

"不是这么回事吧?"

"当然是。我还准备在家里挂上一幅'虎图'哩。"

"嘿嘿,"张铁嘴干笑了两声,"同池洗澡,邀约上楼,其中必有缘由!"

板壁后面,陈静美、王宏彬又对了一个眼神:狡黠的老家伙!

板壁前面,表兄弟开始了正式的谈话。

"铁嘴,你说有缘由,是什么缘由呢?"

"跟那个小姑娘有关。"张铁嘴转守为攻。

"哪个小姑娘?"祝主任佯装不知。

"就是那天晚上,住在我们隔壁房里的两个年轻女人中的一个。"

"哦!"祝主任故意点头表示理解,"她怎么啦?"

"她死了!"

"你怎么知道的?"

"我见过那个女孩,她曾在新村餐馆工作过,后来离了职。警署印发的通报说她死了。"

"另外一个年轻女人你认识吗?"祝主任又问。

"不认识。"张铁嘴斩钉截铁地说。

祝主任站起来,望着这个同自己的志向、品格迥然不同的表哥,显然想从他嘴里掏出真相。

张铁嘴跷起一只腿架在另一只腿上,深深地吸着烟,莫名其妙地咬着烟蒂。

陈静美从壁缝看到血涌到祝主任脸上,便拉了一下王宏彬的衣袖,提醒他注意这个情况;王宏彬也看清楚了,在纸上写了"事已至此,顺其自然"八个字,递给陈静美。

祝主任不耐烦的目光,从阴阳怪气的表哥的脸上移开,用巴掌击了一下自己的大腿,单刀直入地对他说:

"铁嘴,依我看,你早就知道这件事,在三天以前就知道!"

"何以见得?"

表弟的话,并没有引起张铁嘴的震动,他慢条斯理地扭过头来反问道。这时,他那深陷的眼窝正好隔着板壁对着陈静美和王宏彬,咄咄逼人的眼睛里射出寒光。

"这还用说!"祝主任有点激动,"你常说,前三十年睡不醒,后三十年睡不着,因此你那天晚上特意到旅社附近的小公园逛了一趟。"

"是的,我去过小公园。"

"那你就把那天晚上在旅社和小公园看到的情况说说看。"

"好,我说。"

祝主任怀着期待的心情,在表哥对面坐下来。

板壁后面,陈静美伸出激动得微微颤抖的手,打开手机准备录音。

第十六章　蒙面色魔

三天以前。

邻近利民旅社的小公园。白天游客不多,晚上人迹杳然。

公园里并不是漆黑一片,它的四周安有水银灯,地面被淡淡的灯光照亮,树丛中比较阴暗。公园门口是公路,每隔一段时间,长途汽车驶过,车灯的光柱会划过公园。

这个公园没有喷水池、假山,但有长椅供游人休息。

鲁玉英和艾琳小姐坐在长椅上谈话。

鲁玉英请假获准后,艾琳答应与她同行,乘坐阿宝开的汽车送她回家;因阿宝的朋友今天结婚,阿宝要去加油站帮忙张罗,她俩便住进了利民旅社,等候阿宝回来。

她俩吃了晚饭到这个公园散步。

其实,这是"厂长"设下的圈套。

鲁玉英离开秘密药厂的时间是中午,光天化日之下不好"办事",天黑之后才能拉开罪恶的帷幕。

第十六章 蒙面色魔

安排艾琳与鲁玉英同行,是为了监视她,不让她与外面的人接触,以免泄露药厂的秘密。

阿宝到加油站吃喜酒倒是真的,这也是"厂长"把地点选在这里的原因。

此刻,艾琳根据"厂长"的要求,借口上卫生间离开鲁玉英。她刚走,隐藏在树丛中的蒙面人便悄悄走出来,没有发出一点声响。

鲁玉英斜靠在长椅上。

蒙面人屏住呼吸,一步一步向她靠近;鲁玉英背对着他,没有看到有人走过来。

蒙面人举起手中的绳子。

鲁玉英丝毫没有觉察。

这根条子从鲁玉英的眼前掠过,一下子套在她的脖子上。

蒙面人勒紧绳子。

鲁玉英突然觉得呼吸困难,本能地用手去拉那根绳子,发出一声微弱的呼喊,却说不出话来。

蒙面人两手抓着那根绳子,如果鲁玉英反抗,他就可以用力收紧,一下子勒死她。

鲁玉英没有力气反抗。

蒙面人将鲁玉英往树丛里拖。

鲁玉英的脖子被绳子勒住,只得倒退着走路。

蒙面人先钻进树丛。

鲁玉英的身影随后隐没在树丛里。

蒙面人用力拉绳子。

鲁玉英跌坐在地上。

蒙面人乘势将她按倒在地上。

鲁玉英的身体在颤抖,心里极度惶恐。

蒙面人用左手抓住绳子,腾出右手去扯鲁玉英的上衣。

鲁玉英痛苦地闭上眼睛。

蒙面人分开鲁玉英的双腿,像饿狼一样扑上去……

一辆长途汽车驶过小公园,车灯在一瞬间照亮了一双深陷在眼窝里、注视着这一幕的眼睛。

那是张铁嘴的眼睛。

祝主任的办公室。

张铁嘴扭过头来,用舌头舔了舔薄薄的嘴唇,字斟句酌地对祝主任说:

"老表,是的,我去过小公园,又在旅社住了一宿,对于那天晚上发生的事情,是有可能知道的……"

神秘的帷幔就要拉开了!——陈静美在心里说。

突然,张铁嘴几乎是跳跃式地站起来,一只手撑着圆藤椅的靠背,一只手在表弟面前抖了抖,嗓音一下子提高八度:

"可是,我只走到小公园门口,并没有进去,后来回到旅社躺在床上睡不着,就服了安眠药,还能看到什么,听到什么呢?"

一百八十度的大转弯,使祝主任瞠目结舌,不知所措!

板壁后面的两位旁听者,一时也傻了眼。

张铁嘴重又坐下来,舒适地靠在椅背上,用四平八稳的声音说:

"老表,你大概不知道,那天我特地带了一瓶安眠药呀。"

他从装着换洗衣服的破书包里拿出一瓶"眠尔通":"喏,就是这一瓶。"

祝主任如梦初醒,接过药瓶,看了看说明,然后抬起目光,望着表哥的那张更加显得阴阳怪气的脸说:

"你不是常说,是药三分毒,根本不沾安眠药的吗?"

"那是。安眠药比一般药物的毒性更大,是不祥之物,非君子之物,不得已而用之。"张铁嘴摇晃着脑袋。

"我从来不吃安眠药。"祝主任说。

"我没有你行。"张铁嘴说,"我睡觉爱'择床',在外面睡不着,就是在自己的床上,有时从这一头换到那一头,对睡眠也有影响。"

"我听你说过。"祝主任知道张铁嘴的睡眠习惯。

"所以说,我那天住旅社,服安眠药就很正常了。"张铁嘴再次声明,旋即把"眠尔通"放进破书包里。

"咦,你到这里来洗蒸汽浴,为什么还带瓶安眠药呢?"祝主任忽然想到这个问题。

张铁嘴从那个破书包里拿出毛巾,擦了一把脸,又放进去,把书包

背到肩上,站起来说:

"袁美娥在我算定的方位发现了鲁玉英,这本来全凭占卜的灵验,也说明我的功夫已经到了炉火纯青的境地,没有什么值得大惊小怪的。可那帮子不信阴阳五行的人就是不服气,可能还有人怀疑我看到听到什么了;我料到他们迟早会托你向我探问的,所以特地带着这个'物证'。"

张铁嘴边说边走,走到门口停下来,一本正经地又说:

"老表,我们是几十年的老兄弟了,我是很敬重你的,你若再问起我这方面的问题,我除了再回答两句话以外,确实无可奉告了。"

"哪两句话?"

"莫跟强盗做对头,要跟强盗交朋友!"

祝主任正在咀嚼这两句话的含义,张铁嘴向他挥手:

"老表,我告辞了。希望明天我来洗澡的时候,还能荣幸地在池子里碰到你!"

说罢,他步履蹒跚地离去了。

脚步声消失以后,陈静美和王宏彬从套间里走出来,祝主任怅然若失地站在哪里。

"祝主任,他就这样走了?"陈静美望着目光呆滞的祝主任。

祝主任走过来,做了一个表示遗憾的手势,带着歉意说:

"我的工作没有做好,铁嘴尽跟我兜圈子,不肯谈真相。"

"不,祝主任,你已经尽力了最大的努力了!"王宏彬说。

祝主任坐下来谈了自己的看法。他认为，表哥说那天服了安眠药睡着了，这完全是鬼话，他一定看到或听到什么了；他临走时说的两句话，"莫跟强盗做对头，要跟强盗交朋友"，正好表明他有思想顾虑，不敢说出真相。

祝主任还谈到表哥的为人。他早年丧父，母亲改嫁，从小浪迹江湖，结识不少三教九流的人物，凭着小聪明学了一点阴阳五行的知识，就挂牌营业。祝主任希望他干一点正当的工作，前不久还同他长谈了一晚上。他却嬉皮笑脸地说："热心的顾客那么多，我怎能辜负他们的一片诚意？再说，卜筮星相学也是一门学问，好好运用它，不也是为社会服务吗！"祝主任也知道他积习难返，最后只有告诫他切切不可违法犯罪。这一点，他的表态倒很严肃："药人的不吃，犯法的不做，这我做得到。"

"所以，我可以说，"祝主任呷了一口茶，"铁嘴那天晚上不会参与干坏事；但他有知情不举的过错，我准备明天晚上再找他谈谈。"

"哪怕能得到片言只语，对破案也有帮助。"王宏彬接着说，似乎还抱有一线希望。

陈静美低着头在揣摩什么。

她突然问道："祝主任，你对跟鲁玉英同行的那个漂亮女人有印象吗？"

"哎呀，没有。"祝主任遗憾地说，"我当时的注意力在铁嘴身上，心想他怎么认识这么年轻漂亮的女人，却没有认真去看那个女人，况且她当即转身进房间了。"

最后一点线索也断了,陈静美有些沮丧。

二人谢过祝主任,离开了新村浴室。

鲁家大院地下车间办公室里,祁厚之兴奋地向"董事长"报告血液研究取得了重大进展。

"董事长"非常高兴:"希望你们再接再厉,让这项研究为我们带来源源不断的财富!"

第十七章　酒店命案

奥兰多位于佛罗里达半岛中部,在迪士尼世界建成之前,只是一个地方小城。发展至今,奥兰多已成了一个远近闻名的旅游胜地,除了享誉全球的迪士尼世界,还有宇航中心、海洋世界。

华人王邦亮和妻子许香云原来有个幸福的家庭,可他通过阿宝加入名为奥姆科技公司的秘密药厂,与艾琳相好以后,不惜抛弃家庭,导致妻子坠楼身亡。

警方清理许香云遗物时,发现奥姆科技公司在奥兰多有联络点,这为刘洋凯寻找绑架留学生的犯罪嫌疑人阿宝提供了重要线索。

刘洋凯从纽约坐飞机到奥兰多,来不及安顿下来,就去找奥姆科技公司挂牌营业的天鹅酒店。

刘洋凯在街上走着,想到如果犯罪嫌疑人在佛罗里达中部的奥兰多有据点,那么他将受害者金玉姬抛尸于佛罗里达北部的冲积平原,就不奇怪了。

"先生,想玩玩吗?"

长着一张孩子脸、身穿黑色人造革迷你裙的白人女孩拦住刘洋凯。

刘洋凯吃了一惊。这女孩的年龄约莫十五岁,最多也不会超过十六岁。

"你多大了?"刘洋凯问。

"喂——你说呢?"她把双手放在臀部,冲着刘洋凯笑,"我可以给你美滋滋的享受。"

刘洋凯劝道:"你这么小就干这种事,不怕你的父母责骂你?"

"我没有父母,我十八岁了,想干什么就干什么!"

刘洋凯摇了摇头。

"我跟你说,你长得很帅,我可以免费伺候你。"

刘洋凯忽然想到,这女孩常在这一带游荡,一定知道天鹅酒店,问道:"天鹅酒店在哪里?"

"过了街口右拐就是。"女孩向前面指了指。

"谢谢!"

"你找天鹅酒店干什么?那可是同性恋酒店。你是同性恋?难怪对我不感'性'趣。"

"我找天鹅酒店里的'奥姆科技公司'谈生意。"刘洋凯解释道。

刘洋凯走进天鹅酒店大堂,来到服务台前。

"请问,奥姆科技公司在几楼?"

"十三楼。"

"我正好到奥姆科技公司送邮件,我陪你去。"一位快递员走过来,热情地对刘洋凯说。

电梯将快递员和刘洋凯载到十三楼。两人刚走出电梯,就看到挂着"奥姆科技公司"的包房。

房门虚掩着。快递员推开房门,刘洋凯赫然见到墙上、地毯上全是血迹!

快递员想走进去看看,被刘洋凯一把抓住。

"不要进去,以免破坏现场。"刘洋凯提醒道。

"是,是!"

"你通知服务台报警,就说发现凶杀案,我留下来保护现场。"

警署接到报案后,沙利警长带领警员赶到现场。

沙利走到奥姆科技公司包房门口,看见刘洋凯,先是自我介绍,然后问道:

"您是刘洋凯先生?"

"是。纽约警方通知我,在天鹅酒店挂牌的'奥姆科技公司',其实是秘密药厂在奥兰多的联络点,我赶往这里进行调查,想不到发生了命案。"

"您的情况,上司已告诉我了。"沙利警长友善地说,"你是名牌大学犯罪对策学和法医学双博士,已考获侦探执照和法医执照,是吗?"

刘洋凯点头,顺手掏出两本执照,递给沙利。

这时,一名警员跑过来报告沙利,刚发生一起枪击案,需立即赶往现场。

沙利将执照还给刘洋凯："您看,案件频发,警力不足,既然您是侦探兼法医,这个案子的受害人又是您的调查对象,您看可否将案子接下来?"

刘洋凯沉吟片刻,说:"那就试试看吧!"

"太好了!"

"不过,还得请警署派一名警员配合一下。"刘洋凯说出理由,"在探案过程中,有些环节警察出面办事效率高些。"

"我们署里实在抽不出人来,有一名刚从警校毕业的实习警员,派给您行吗?"

"好吧。"

沙利于是让下属将那个实习警员带过来,介绍给刘洋凯,随即带领其他警员,风风火火赶往枪击案现场。

刚从警校毕业的实习警员莫妮卡,是个美国姑娘,白皙的脸蛋,金色的秀发,一双蓝眼睛充满柔情,丰满的身体散发着芳香。

刘洋凯对她说:"我叫刘洋凯……"

"您的情况我知道,"莫妮卡打断他的话,"我们警校的校刊上转载了您的论文《谋财杀人案的侦查思路》,共有十八条,是侦破这类案件的秘籍!"

"见笑,见笑!"

莫妮卡从校刊上知道刘洋凯的名字,又听沙利警长赞赏他,不禁仔细打量着他：他的身材魁梧，相貌英俊，眉宇间带一股勃勃英气，站在那里像一堵铁墙，给人坚定、刚毅的感觉。

莫妮卡语气亲切地说："洋凯兄，您是我的学长，又是犯罪对策学、法医学双博士，我想按你们中国人的习惯称呼您，行吗？"

"称呼只是一个符号，悉听尊便。"

刘洋凯和莫妮卡进行现场勘查。

他让莫妮卡做好记录，以便回去向沙利警长报告。

刘洋凯一进入房间就注意到，门上、床上的血迹，颜色鲜红，这显示凶杀案刚发生不久。室内摆有彩电、双人床、安乐椅和茶几，房间十分整洁，看来作为联络员的丹尼尔是个爱干净的人。

可是，丹尼尔人呢？

刘洋凯走到床前蹲下去，探头往床下一看，里面有一个人睁大双眼，也正往外望，刘洋凯的脸差点碰到那个人的脸。但刘洋凯很快意识到，那是个死人。因为在他俩四目相对时，那人动也没有动一下，也没眨眼。他又探下身去，小心翼翼地抓住那人的手，一摸脉搏，证明确是死尸。

刘洋凯立即对尸体进行检查。死者颈部右侧有一道极深的刀伤，左胸下面也被刺了一刀，左背共有三处刀伤，显然是失血过多而死。

死者是不是丹尼尔？

袁美娥、林幺妹姑嫂俩以前的关系并不融洽，现在，一个失去了独生儿子,一个失去了亲密男友,而两人又都痛惜那个聪明可爱的小家柱,同病相怜,便相依为命了。

刘洋凯离开纽约去奥兰多的当天,陈静美、王宏彬再次访问袁美娥家。当他俩推门进屋的时候,林幺妹正在楼下后房里同嫂嫂轻声谈些什么,却不见林焕仁。

"我哥哥不在家。他昨天晚上很晚才回来,今天天不亮又到餐馆去了。"林幺妹一边忙着为客人沏茶,一边说道。

袁美娥虽然今天一大早就起床了,现在却又披着上衣半靠在床上,还盖着毛毯。她用长久哭泣形成的浓重鼻音说:

"焕仁说什么也不肯待在家里,昨天就上班了。我按照你们的嘱咐清点家柱的东西,发现所有东西都在,唯独书包不在了。"

这引起陈静美、王宏彬的注意:嫌疑人杀害一个小孩,为什么还要劫走他的书包呢?难道书包里装有对嫌疑人不利的东西?

"袁师奶,家柱除了那个书包以外,还有放书本的小箱子吗?"陈静美问。

袁美娥忽然从毛毯下面伸出手,抓抓耳,挠挠腮,有点忸怩。原来,家柱早就要妈妈给他弄个小箱子放书籍,可是袁美娥把注意力都集中在吃喝玩乐上,家柱读过的课本无处放,她就干脆当废纸卖掉了。

"没,没有。"袁美娥嗫嚅地回答道。

"家柱平时爱不爱写写画画?"王宏彬问。

"这我倒没有注意。我只知道他爱踢足球。"

"他跟谁写过信？又有谁写信给他？"

"都没有。"

"他有没有记日记的习惯？"

"好像没有。"

"家柱没有留下什么文字材料吗？比如说,草稿本？"

"我翻箱倒柜找遍了,什么也没有发现。"

"连小纸片也没有见到吗？"陈静美提醒道。

"小纸片"三个字,忽然勾起了林幺妹的回忆。她永远不会忘记,当自己因张云飞英勇牺牲而茶饭不思的时候,侄子家柱给她端回饭菜,并在饭盒上贴了一张字条。

林幺妹眼中闪着怆然的泪花,叙述了这段经过。

陈静美听了,急忙问道:"幺妹,那张字条还在吗？"

"我喜欢侄子写的娟秀端庄的字,把字条夹在一本厚书里,放在书架上。我这就去找来。"

林幺妹快步上楼,一会儿就拿来了字条。

陈静美接过字条。这是一张没有格子的长方形小块白纸,三个边比较整齐,上面的一个边呈不规则的锯齿状,显而易见是从草稿本上撕下来的一页纸;字条下方居中处,有一个横向小洞,是由纸盒上揭下的时候形成的。字条上用钢笔写着:

姑姑：

　　人是铁，饭是钢。我要强迫您把它吃下去！

　　　　　　　　　　　　　　　　　家柱

陈静美读罢，不禁想到这个男孩真可爱！

她信手把字条翻个面。反面也有字，是铅笔写的，显然是林家柱做语文作业时打的草稿。

陈静美看着这些铅笔字，乌黑的眼睛越睁越圆，王宏彬也走过来看字条，只见上面写着：

造句练习

　　非常奇怪

　　星期天晚上我起来解手，看见 ☐ 背着一个女孩，感到非常奇怪。

朱萍是星期天夜晚失踪的，一个林家柱认识的人绑走她，被林家柱无意中看到了！

林家柱遇害，果然跟朱萍失踪有关联！

陈静美不动声色地同王宏彬交换了目光，然后问道：

"幺妹，贴着这张字条的那个饭盒呢？"

林幺妹拿来了一个不锈钢饭盒。字条上破了洞的那一点纸头，理应留在饭盒上,但因饭盒早已洗过,残留的纸片不复存在,破洞处的几个字不得而知。

"这张字条我们带回去研究一下。"王宏彬用征求意见的目光望着林幺妹。

林幺妹表示同意,并说:

"这是侄子写给我的,我很珍爱它,用完后请还给我。"

陈静美回到侦探公司,感叹道:"可怜的孩子!"

王宏彬说:"一个天真的男孩以死告诉我们,绑架朱萍的凶犯他认识,这个犯罪团伙的据点就在新村一带,证明我们的侦查方向是对的。"

陈静美遗憾地皱了皱眉头:"如果纸条上没有那个破洞,就更好了!"

"世界上哪有这么十全十美的事!"王宏彬笑了笑。

电话铃声响起。

他掏出手机接听,随即对陈静美说:

"是祝主任打来的。张铁嘴死了!"

第十八章　公墓怪事

刘洋凯对奥兰多天鹅酒店命案现场继续进行勘查。

他没有发现死者的手机、信用卡和钱包，只找到两张名片，名字都是丹尼尔，前一张的电话是酒店的，后一张的电话可能是住宅。

刘洋凯拿着这张名片对莫妮卡说："你按照这个号码打个电话，核实死者是不是丹尼尔。"

莫妮卡掏出手机，拨打电话。

接电话的是一个女人。

"请问是丹尼尔先生家吗？"莫妮卡问。

"是的。"莫妮卡跟刘洋凯对了一个眼神：死者是丹尼尔。

"请问您是丹尼尔的什么人？"莫妮卡问。

"我是丹尼尔太太。您是谁？"

"我是警察。"

"警察？找我有什么事？"

莫妮卡将她丈夫被害的噩耗告诉她时，她半天说不出一句话来，只是无声地流泪。

"他死在什么地方?"她好不容易开口问。

"天鹅酒店。"莫妮卡回答。

"什么?天鹅酒店?"她惊奇地说,"怎么会呢?那是个远近皆知的同性恋者出入的地方。"

她告诉莫妮卡,她和丹尼尔结婚八年了,从未发现他有同性恋倾向。

刘洋凯随即同莫妮卡一同赶往丹尼尔家,向他太太了解丹尼尔的情况。

之后莫妮卡返回警署,向沙利警长报告现场勘查和尸体检验情况。

刘洋凯临走时,将手机号码留给丹尼尔太太,让她有事随时联系。

从丹尼尔家出来,刘洋凯再次回到天鹅酒店,对案发现场进行复查。

他发现房门没有被撬压的痕迹,这表明进来的人是敲门而入,或者有房间钥匙。

刘洋凯还在浴室按钮和水龙头上,各提取到了一枚指纹。经比对,不是丹尼尔留下的。

必须找到留下这两枚指纹的人。

刘洋凯还在天鹅酒店附近的小湖边,发现了一个刀鞘。

他认为这个也许对破案有参考价值,便将它放进塑料袋里。

刘洋凯回到街上,又碰到那个站街女孩。

"天鹅酒店死的人是不是叫丹尼尔?"她主动问。

"你怎么知道?"刘洋凯感到很奇怪。

"我的朋友马德琳两天前报考丹尼尔的公司,被录取了,她今天去酒店找他,酒店里的人说他死了,警察封锁了现场,她还是上了楼,在警戒线外观看,出来时碰到我,跟我说了。"

这倒是一条线索!刘洋凯想,酒店没有监控录像,查不出到酒店找过丹尼尔的人,如果马德琳两天前跟丹尼尔有过联系,她或许会知道一些情况。

"到哪里去找你的朋友马德琳?"刘洋凯问。

"她在上网球课。"

"网球场在什么地方?"

"沿着天鹅酒店附近的小湖边一直往右走,有点远。"

"谢谢!"

马德琳上网球课迟到了,她的教练很不高兴。

"马德琳,迟到十分钟,就等于失去十分钟。"教练穿着白短裤,毛茸茸的腿上肌肉十分结实。他拿着球拍,就像一名武士。

"对不起,有点事,耽误了。"马德琳向教练解释。但她没有说天鹅酒店发生凶杀案的事。

马德琳敏捷地满场跑,打起网球特别卖劲。

四十五分钟后,网球课结束了。她汗流浃背,赶快跑进更衣室洗淋浴。

在马德琳洗澡的时候,刘洋凯来到网球场。

他先跟教练见面,获知马德琳刚打完网球,就去找那个球拍,秘密地提取了马德琳的指纹。

马德琳从更衣室出来,刘洋凯迎上去问:"您是马德琳小姐吗?"

"我是。"马德琳抬高右手,拨弄头发。

刘洋凯看了她一眼,正要自我介绍,马德琳说:"我见过您,您是侦办天鹅酒店凶杀案的侦探。"

马德琳说,她去过发生凶杀案的十三楼,站在警戒线外面,看见刘洋凯和一位女警在勘查现场。

"您认识丹尼尔吗?"

"刚认识几天,"马德琳的语气显得很自然,"他是奥姆科技公司联络员,我因报名参加这家公司而认识他。"

"这家公司的情况是谁告诉你的?"刘洋凯问。

"我认识一个在天鹅酒店一带转悠的女孩,是她告诉我的。"

"您为什么要加入奥姆科技公司?"

"我的好奇心很重,想体验多样化的生活。"

马德琳接着将她同丹尼尔见面的情况全盘托出,其中包括按过丹尼尔房间浴室里的按钮。刘洋凯后来将马德琳留在网球拍上的指纹同天鹅酒店浴室按钮上的指纹进行比对,证实指纹是马德琳留下的。

"您知道奥姆科技公司是干什么的吗?"刘洋凯又问。

"丹尼尔对我讲过,奥姆科技公司的宗旨是:让年轻人精力更加充沛,让老年人返老还童。"

刘洋凯沉默片刻,分析这句话的煽动性。

"您知道奥姆科技公司通过什么方法实现这个宗旨吗?"

"不知道,"马德琳实话实说,"这正是我要探究的。"

马德琳提议她和刘洋凯互留手机号,有情况随时联系。

祝主任今天早上一起床,就想起昨天晚上的事:表哥也真固执得没有道理,明明是知情人,却硬是不开口,太没有社会责任感了!他觉得,光靠晚上洗澡的机会给表哥做动员工作,时间不充裕,于是,他安排好浴室的工作,就找张铁嘴去了。

他来到新村餐馆侧边的巷子口。棚子倒有一个,而且是新搭的,里面也有人在谈天说地,可就是不见张铁嘴。他想,表哥可能在家有事,上午暂不营业,就转身向张铁嘴的租住房走去。张铁嘴搬家时用的是浴室的汽车,祝主任亲自来过,所以他知道表哥住的地方。

祝主任敲了好一会门,里面没有人应声,就走到大门一侧的窗户旁边。窗户正对着这幢房屋的楼下前房,即张铁嘴租住的房间。祝主任当然知道张铁嘴是个光棍,只有他一人在家,就想透过窗户看看里面的动静。楼下前房的光线很好,贴着玻璃可以将室内看清楚;但是窗户很高,踮着脚才能往里看。祝主任不看不打紧,一看吓一大跳!

蚊帐外面,露出一双已变成紫色的赤脚……

陈静美、王宏彬赶到张铁嘴的租住房的时候,祝主任正站在房门口等候他们。

新村管理室干事何素珍,也闻讯赶来。

祝主任向大家讲述了前后经过,最后纳闷地对他们说:

"我真不明白,铁嘴竟然会自杀!"

王宏彬、陈静美没有表态,对现场进行勘查。

王宏彬将蚊帐撩开,一幅惨景呈露出来:张铁嘴僵卧在床上,床单上的鲜血凝成了血块,一把崭新的菜刀深深地嵌在死者的脖子上,死者的右手握着刀柄……

何素珍见状,问王宏彬:"张铁嘴是自杀的?"

王宏彬说:"张铁嘴没有自杀的动机。"

陈静美接着说:"张铁嘴是他杀,被伪装成自杀的样子。"

王宏彬、陈静美之所以得出这个结论,是因为他们在张铁嘴的床下发现了一个标签上印有"氯仿"的药瓶,跟林家柱被害现场见到的一样。

王宏彬给何素珍、祝主任分析了犯罪嫌疑人杀害张铁嘴的过程:深夜,犯罪嫌疑人潜入这间房内,撩开蚊帐,拿出一块手帕,洒上氯仿,轻轻盖在张铁嘴的口鼻上,将其麻醉,随即用一把新菜刀将他杀害,并将其右手放在刀柄上,伪装成自杀现场,然后放下蚊帐逃遁。犯罪嫌疑人最后的动作可能有点忙乱,将药瓶遗留在床下,蚊帐也没有关好,死者的一双赤脚露在外面。

祝主任捶胸顿足,懊悔怨恨,一个字一个字地咬着说:

"铁嘴知情不报,任凭坏人逍遥法外,残害民众,最后轮到自己头上了!"

他是张铁嘴在本地唯一的亲戚,料理后事的事情,就落在了他身上。

林家柱被害与张铁嘴被杀这两起案件都跟氯仿有关,而且在这两个谋杀现场提取到的氯仿药瓶上,都发现了邹明祥以往的指纹,王宏彬于是通知新村诊所马主任,邹明祥有疑点,他要是外出,请马主任先跟警署联系。

陈静美跟王宏彬在警署分析案情,马主任打来电话,说邹明祥从不缺勤,现在突然要请假,问准不准假。

两人商量后,决定让马主任准假,然后跟踪邹明祥,看他究竟要干什么。

邹明祥从马主任那里得到准假的答复,脱下白罩衣,跟药剂室里的另一名药剂师交班后,匆匆离开了诊所。

王宏彬和陈静美装成一对恋人,隔着十几米远跟在邹明祥的后面。

邹明祥走到巴士车站。片刻,一辆巴士靠站停下,他由前门上了车;与此同时,王宏彬和陈静美由后门上了车。

车到市中心,邹明祥面无表情地下了车,径直走到一家超市,在一楼的服装鞋帽柜边走边看。

"他想买什么服装?"

陈静美站在店堂的一个角落里,对王宏彬说。

王宏彬做了个等着瞧的表情。他的视线越过熙熙攘攘的顾客头顶,紧紧地盯着邹明祥。

可是,邹明祥在服装鞋帽柜并没有买任何东西,却乘电梯登上四楼,来到朝向大街的阳台上。

陈静美和王宏彬跟着上楼,走到阳台的另一侧,与邹明祥隔着一道花格水泥栏板。

透过阳台水泥栏板的花格,陈静美看到邹明祥孑然斜倚在阳台的栏杆上。她是第一次近距离打量这个四十岁的中年人。他那高耸的颧骨,因为消瘦显得更加突出;格外单薄的嘴唇紧紧抿住;暗淡的眼睛里,闪着杌陧不定的光。陈静美此刻无法得知,这个可疑的人物在想些什么。

片刻,邹明祥乘电梯下楼,离开超市。

陈静美和王宏彬仍然隔着一段距离跟踪邹明祥。

"他到超市又不买东西,干什么呀?"陈静美轻声嘀咕着。

王宏彬的目光死死"咬住"邹明祥,外表上却显得若无其事。他悄悄谈出自己的看法:

"超市里人多,他溜上一趟,可能是想摆脱盯梢。"

邹明祥跳上了开往郊区的巴士。

王宏彬、陈静美尾随而上。

巴士横贯城区的闹市,穿过密集的楼房,奔驰在郊外的道路上。

陈静美坐在车尾的座位上,一面不时地注视"工作对象"的动态,一面凭窗眺望车外。展现在她眼前的是碧绿的草坪、胭脂栎和山月桂树。空气是清新诱人的,并伴有海水的芳香,她贪婪地大口大口吸着,直觉得有一股清泉沁入心脾。

随着巴士一次又一次靠站停下,车上的乘客越来越少。陈静美用手轻轻拍了一下坐在前面的王宏彬的肩胛。意思是问:都快到终点站了,邹明祥为什么还不下车呢?

邹明祥的座位就在王宏彬前面第三排。王宏彬当然不能同陈静美谈话,就悄悄回过头,做了一个表示"坚决"的表情:不管怎样,我们要看他究竟想干什么!

巴士在终点站的前一站停靠时,邹明祥先是坐着纹丝不动,车快启动时,以极快的动作由前门跳下汽车;王宏彬和陈静美的反应敏捷,也迅速由后门下了车。

一个意想不到的情况发生了!邹明祥慢慢腾腾地走向了公墓。

去年春天,这个公墓迎来大批华人扫墓者。他们的车辆绵延数英里。在许多墓碑前,人们摆起了盛宴:水果、蔬菜、一次性塑料碟上的大餐。

公墓工作人员后来得知,在清明节,华人会清扫亲人的墓,并留下供品。

这个公墓的执行董事说:"当时,我们开始意识到,公墓面向华人的业务是多么重要。"

于是公墓开始大转型,以争取更多的华人业务。一些家庭在这里购买的墓地价格达到了6位数。

夕阳西下。专程来到公墓凭吊已逝亲人的谒墓者纷纷离去,坟场中的行人寥寥无几。此时此地,如何跟踪而不被"工作对象"察觉,倒是一道难题。王宏彬皱着眉头对陈静美说:

"前面是公墓,又不是公园,我们怎好在里边闲逛呀!"

陈静美珍珠般的牙齿咬着殷红的下嘴唇,为难地点点头,若有所思。

她看见一幢房屋门口挂着的"公墓业务部"的牌子,引发了灵感,示意王宏彬"咬住"邹明祥,自己快步走进屋内。

她走出公墓管理所时,臂上已戴上了黑袖纱。

当王宏彬接过陈静美递来的黑袖纱,往自己的左臂上佩戴时,两人会心地笑了。

于是,公墓增加了两名"谒墓者"。

邹明祥独自在公墓的小道上向纵深走了很远,一路上向左右两边摇动着脑袋,像在寻找什么。

当他走到路边的一座纪念塔模样的坟墓附近时,忽然驻足停住,从手提包中拿出一张纸,摇晃着脑袋,对照这张纸,向道路两侧引颈张望。

"那张纸准是方位图!"

陈静美站在离邹明祥相当远的一个高大的墓碑后面,对蹲在一旁的王宏彬说。这个墓碑正好遮住了他俩的身体,邹明祥即使回头,也看不见墓碑后面有人。

王宏彬打了个手势表示同意她的看法,目不转睛地观察邹明祥的行动。

陈静美拢了拢被风吹乱的头发,又说:

"在墓地里,人们沉浸在悲切的思亲和怀旧的情绪之中,往往对外界的事物不会多加注意,这正是碰头的好地方;这个公墓此时人迹罕至,在这里传递信息,比在市内租个信箱,更安全,更隐秘。"

"这个看法很对!"王宏彬有些激动地说。

这时,邹明祥显然通过"方位图"找到了目的物,绕过纪念塔模样的坟墓,径直向前面快步走去。

看到这个情况,王宏彬显得更为激动了,悄声对陈静美说:"邹明祥可能在寻找同伙留下的东西。"

陈静美点头会意,盯着邹明祥的一举一动。

这时,只见邹明祥来到一个半球形的坟墓前面,弓着身子,用手反复抚摸着坟包,像是在找什么东西。坟墓的右侧,有一棵弯曲的杨树。

少顷,邹明祥回转身来,把一块石头放在杨树下面,然后恭恭敬敬地站着,面对墓碑微微低垂着头,口里念念有词。

陈静美和王宏彬既听不见他念的什么,也看不清楚墓碑上的字。

忽然,邹明祥从手提包里抽出一根圈状的尼龙绳,站在石头上,把尼龙绳的一头拴在杨树的枝丫上,一头套住自己的脖子,随后,用脚猛地将石头蹬开……

在远处的那高大的墓碑后面,陈静美和王宏彬同时惊呼道:

"糟糕!他上吊了!"

那块高大的墓碑同半球形的坟墓间有一长段距离。当王宏彬飞跑过去时,邹明祥已经直挺挺地挂在杨树下面了……

第十九章　刀斩线索

刘洋凯上次去丹尼尔太太家,留下了自己的手机号,嘱咐她有情况随时联系。

刘洋凯跟马德琳分手后,掏出手机准备跟陈静美联系,了解纽约那边的情况,没想到忽然有电话呼入,是丹尼尔太太打来的,说有事情要报告。

他立即赶往丹尼尔太太家。

丹尼尔太太对刘洋凯说:

"我因为保养汽车,认识一家汽车修理店的老板,他今天打电话给我,说有人用丹尼尔的信用卡支付费用,这位老板很谨慎,打电话问丹尼尔是否授权别人使用他的账号。"

刘洋凯问:"您怎么回答?"

丹尼尔太太的脸上又掠过悲伤的阴影:"我告诉修车店老板,丹尼尔不幸死去,是被人杀死的,凶手偷走了他的信用卡。"

刘洋凯当即跟那家修车店老板通话,对方说确有其事,同意跟刘洋凯面谈。

刘洋凯赶往那家汽车修理店。

老板告诉刘洋凯:"有个名叫奥斯本的熟人,开着一辆轻型运货车来找我,因我跟奥斯本很熟,他没有这种车,就对他产生了怀疑。奥斯本看出了我的心思,就跟我说,警察正在查找这辆车,想把车重新喷漆。"

"请把奥斯本的相貌、身高描述一下。"刘洋凯说。

老板讲了奥斯本的体貌特征后,接着说:

"当时,奥斯本拿出丹尼尔的信用卡,对我说:'弟兄们刚发了一点财,你只管把车喷好油漆,价钱由你定。'随后他说今天要去办点事,明天上午九点钟来店里取车。"

修车店老板把那辆车的车牌号码告诉了刘洋凯。

刘洋凯立即跟莫妮卡通话。

莫妮卡上网查找,那辆车的车主是一位女教师,她说她的车是几天前丢失的。

莫妮卡向沙利警长汇报了案情,然后向他建议:

"警长,据刘洋凯摸到的线索,您看可不可以派两个警员和我一起,明天上午九点钟以前在修车店附近埋伏,等候凶徒落网?"

"很好,"沙利表示同意,"把刘洋凯也叫上。"

"那当然,他最熟悉情况。"莫妮卡说。

次日上午八点五十分，刘洋凯、莫妮卡和另两位警员，埋伏在汽车修理店附近。

九点钟，没有任何动静。

过了一个小时，奥斯本仍未露面。

刘洋凯意识到出了问题，他让莫妮卡和那两位埋伏的警员守在原处，他到附近查看。

他来到一家小酒吧。

酒吧位置较僻静，但内部装修、陈设都属上乘。

刘洋凯找到一位侍应生，向他描述奥斯本的基本特征，问："你是否见过这个客人？"

"见过。"侍应生毫不犹豫地回答，"他多次来我们酒吧，出手总是很大方。"

"他今天来过吗？"

"来过。他今天似乎特别高兴，要了双份威士忌，饮得有些醉。"

"他是什么时离开酒吧的？"

"半小时以前走的。他出门后，叫了一辆的士。"

"的士开往哪个方向？"刘洋凯追问。

"哟，这倒没有注意。"

刘洋凯回到修车店附近的埋伏点，将这些情况告诉了莫妮卡。

"洋凯兄，您说怎么办？"莫妮卡问。

"我认为，奥斯本九点钟没有去修车店取车，而是去了那家酒吧，他是在观察动静。我到修车店再找老板谈谈。"

"好的。"

刘洋凯来到修车店,老板对奥斯本没有按时来取车,也觉得奇怪。

他说:"不对呀,没有什么破绽呀,他说好九点钟来取车的。"

这时,电话铃声响了,刘洋凯叫老板去接电话:"不要紧张,可能是奥斯本打来的,别让他有所察觉。"

老板拿起电话:"哈啰,是谁?"

电话另一端没有回应。

"哈啰,请问是谁?"老板又问。

电话被挂断了。

"奥斯本实在狡猾,"刘洋凯说,"他不放心,先来个电话探探虚实。我想他一定会来的!"

中午一点半钟。刘洋凯、莫妮卡和两位警员仍在修车店附近埋伏。

修车店所在的街上,人们来去匆匆。刘洋凯忽然见到街的拐角处有一个人伸出头来,向修车店望了一眼,很快又缩回头去。

刘洋凯由此想到:奥斯本就要现身了!

果然,又过了一会,奥斯本快步朝修车店走来。快到修车店时,他突然向右一拐,直奔修车店侧后方的停车场。

刘洋凯心念一闪,突然明白,奥斯本想开车逃跑!喷好漆的小型运货车就停在那里。

"抓住他！"刘洋凯喊道。

莫妮卡和两位警员从埋伏点跳出来，呈包围状向奥斯本冲去！

奥斯本的动作十分敏捷，三步并作两步，眼看就要跳上那辆小型运货车！

在这紧急时刻，自幼学过中华功夫的刘洋凯，身手矫健，快步如飞，闪电般追到奥斯本身后，一个屈身扫堂腿，将他绊倒在地！

莫妮卡立马给他戴上了手铐。

刘洋凯从奥斯本身上搜出丹尼尔的信用卡和一串钥匙。

经丹尼尔太太辨认，钥匙是丹尼尔的。

刘洋凯还在那辆小型运货车的驾驶室里，发现了一把锋利的尖刀，这与他在天鹅酒店附近的小湖边发现的刀鞘，正好相配。

尖刀上残留的微量血迹，经检验与丹尼尔的 DNA 吻合。证明这把刀是杀害丹尼尔的凶器。

刘洋凯在天鹅酒店浴室水龙头上发现的指纹，也被证明是奥斯本的。

奥斯本被刘洋凯掌握的铁证制服，只得如实招供。

他对刘洋凯说："我和丹尼尔并不认识，更没有什么同性恋关系。丹尼尔挂牌'奥姆科技公司'的房间临近电梯，我有一次到楼上见一个朋友，看到这个招牌，心想既是科技公司，房间里一定有很多钱，于是决定碰碰运气，没想到搞砸了！"

奥斯本用试探的目光看着刘洋凯。

"接着说。"刘洋凯瞪了他一眼。

"那天早上,我一下电梯,就看见一个女人从丹尼尔的房间走出来,当时房门还没有关,我走到门口一看,房内只有丹尼尔一人,心想时机成熟了。丹尼尔关了房门后,我把整个走廊查看了一遍,见不到一个人影,就走过去敲丹尼尔的房门。他在里面问:谁呀?我说:是联系业务的。丹尼尔就把房门打开了。"

奥斯本骗开房门,一进去就挥刀乱捅,将丹尼尔杀死,然后把尸体塞到床下。

刘洋凯用愤怒的语气问:"奥斯本,你杀死丹尼尔以后,劫走了他的什么物品?"

一种沮丧的目光在奥斯本发暗的眼睛里闪动了一下。他说:

"原以为当科技公司经理的丹尼尔一定有很多钱,其实不是那回事!房间里没有保险柜,我拿走他的钱包,里面只有几百美金和两张信用卡。"

"还劫走了什么物品?"

"一部手机。"

"没有电脑吗?"

"没看到电脑。"

"手机在哪里?"

"那是一部旧手机,值不了几个钱,我把它扔了。"

"扔在哪里?"

"天鹅酒店附近的小湖里。"

奥斯本杀死丹尼尔、逃离天鹅酒店,原来以为能够逍遥法外。因为他以前只是偷鸡摸狗,小打小闹,警方从来不怎么注意他。可是他不曾想到,他去找的那家汽车修理店的老板,虽然是他的朋友,也有犯罪前科,但出狱后已改邪归正,成为守法公民。

奥兰多法院开审奥斯本。陪审团经过两个多小时的商议,裁定奥斯本犯一级谋杀罪。随后,法院指定三位精神病专家,分别对他进行鉴定,结果证明他精神正常。

不久,法官宣布判决奥斯本死刑。

刘洋凯虽然协助奥兰多警方破获了丹尼尔被杀案,凶手奥斯本已受到法律制裁,但他的心情仍然沉重。寻找失踪留学生的艰难旅程好不容易走到这一步,已获知她们是被对外挂牌为"奥姆科技公司"的秘密药厂所绑架,但联络员丹尼尔被杀死,他可能留有信息的手机又被扔掉,辛辛苦苦得来的线索,被奥斯本挥刀斩断了!

刘洋凯返回纽约时,跟陈静美通电话,获知她和王宏彬正在跟踪邹明祥,他没有干扰他俩,独自前往林家柱看到朱萍被绑架的地方——新村,看能不能发现蛛丝马迹。

他在这一带转悠,不经意地看到一个门牌号码:新建巷90号,立即想到这是瑶瑶的租住屋。他想了解瑶瑶的表妹陈秀芳回来没有,还有那个拼命要"垫子洗"、频繁更换陪浴小姐、身上有药味的可疑人是否重返土耳其浴室,便走过去叩门。

房东阿妈开门出来告诉刘洋凯,瑶瑶的表妹一直没有回家,瑶瑶刚搬走。

房东阿妈在得知来者姓刘以后,又说,瑶瑶搬走时留下话,如果有姓刘的先生找她,请他速到瑶瑶的工作单位,她有重要的事情告诉他。

"瑶瑶有重要的事情告诉我?"刘洋凯想,她这句话绝不是随便说出的,一定是她发现了重要线索。

刘洋凯谢过房东阿妈,掏出手机,给瑶瑶工作的土耳其浴室打电话。

"我姓刘,"刘洋凯在电话中说,他怕对方不记得他,便提起经常光顾浴室的魏良,"是上星期魏良先生介绍的客人。"

"哦,是刘先生呀!"刘洋凯听出是大堂经理的声音,"那天让您破费了。"大堂经理礼貌地说。

刘洋凯本想让对方去找瑶瑶接电话,问她有什么重要事情,但转而一想,这样做太突兀,便以"客人"的身份在电话中问道:

"近来生意还好吗?"

"托您的福,生意还不错!"大堂经理颇感自豪,"都是'熟客'带'生客',生客变'熟'以后,又带新的'生客'来。"

糟了! ——刘洋凯在心里说——客人这么多,作为陪浴女郎,瑶瑶一定忙不过来!

"我今天想去你们浴室,需要预约吗?"刘洋凯问。

"不需要,不需要。"大堂经理在电话中说,"不过,您如果指定要哪一位姑娘,可以先跟我说一声。"

"让我想想……"刘洋凯故意停顿片刻,"上次陪我的那个姑娘叫什么名字?……好像叫瑶瑶吧?"

"瑶瑶呀,她是我们这里的当红小姐。"

大堂经理的话,印证了刘洋凯的推测。

"瑶瑶今天有空吗?"

"让我查一下。"

电话那头静默了十几秒钟,刘洋凯猜想大堂经理去查预约登记表了。

"瑶瑶今晚八点钟以后就没事了。"

"那我就八点钟来。"

"我叫瑶瑶等您。"

"谢谢!"

刘洋凯关上手机。

陈静美、王宏彬将吊在树上的邹明祥扶下来,对他进行人工呼吸,并紧急送往医院治疗。

刘洋凯闻讯赶到医院时,邹明祥已苏醒。

他诉说了自杀的原因。

他本来是个"老僧入定、心如止水"的人,同袁美娥的苟合使他得到片刻欢娱,而林家柱的被害又将他推进万丈深渊,负罪感像山一样压着他。

就在邹明祥痛苦万分的时候,他接到一封信,内容是:

邹明祥:

　　林经理的儿子林家柱是你杀害的,我们已掌握了你的罪证。

　　你必须在三天内自行消失,否则由我们动手,你会死得很难看。

邹明祥讲到这里,无可奈何地摇摇头:"我真的觉得我就是杀害林家柱的凶手,实在活不下去了,只好在母亲的坟前上吊自杀!"

病房里一阵沉默。

王宏彬问:"邹药师,那封信还在吗?"

"还在。"邹明祥从内衣口袋里将信掏出来,递给王宏彬。

"这是一封匿名恐吓信。"王宏彬看了信后,把它交给刘洋凯,又问道,"邹药师,信封呢?"

"我扔了。"

刘洋凯认为很可惜。通过信封可以推测发信地址等情况。

"邹药师,你认为这封信会是谁写的?"刘洋凯又问。

"我不知道。"

"我们把这封信带回去分析一下。"王宏彬说。

"你们拿去吧。"

为了弄清在林家柱、张铁嘴被杀现场发现的氯仿药瓶上为什么都有邹明祥的指纹,王宏彬问:

"邹药师,你们药剂室有氯仿吗?"

"有,是我从医药公司买回来的。因为是麻醉药品,我对每一瓶都进行了登记。"

这就表明,邹明祥的手摸过每一瓶氯仿,瓶子上当然会留下他的指纹。

"在上次盘存时,我发现少了两瓶氯仿,还特地报告了马主任。"邹明祥着重补充道。

王宏彬跟刘洋凯、陈静美交换了目光,走到病床边说:

"邹药师,这个医院很安全,你就安心休养,暂时'消失'。我们会跟马主任通气的。"

"谢谢。"

邹明祥的嘴唇因感激而颤抖。

刘洋凯、陈静美、王宏彬从医院返回,路过新村时,看见何素珍把小朋友召集起来,请林幺妹教他们唱歌,三人情不自禁地驻足聆听。

林幺妹教唱的是中华英雄岳飞的《满江红》。清脆的女高音和悦耳的童音一起唱道:

怒发冲冠,凭栏处,潇潇雨歇。

抬望眼,仰天长啸,壮怀激烈。

三十功名尘与土,八千里路云和月。

莫等闲,白了少年头,空悲切。

靖康耻,犹未雪;

臣子恨,何时灭?

驾长车,踏破贺兰山缺,

壮志饥餐胡虏肉,

笑谈渴饮匈奴血。

待从头,收拾旧山河,朝天阙。

林幺妹痛失男友张云飞,但她从悲恸中坚强地站起来,通过教唱这些歌曲,让纽约华人少年知道,我们中华民族是个英雄的民族,要继承和发扬中华民族的优秀传统。

刘洋凯、陈静美、王宏彬心情激动地望着林幺妹,感谢她用歌声赞颂中华民族的英雄人物,让他们的高风亮节像东河的流水一样永恒!

三人回到侦探公司,一致认为邹明祥的疑点可以排除,并把新村诊所药剂室里的氯仿药瓶如何出现在两个发案现场作为今天的讨论题目。

陈静美首先发言。她说:

"氯仿药瓶是把我们的视线引向邹明祥的媒介,它肯定是被人从药剂室偷走的。这个偷走氯仿的人,不是凶犯就是同案犯。"

"这个提法我完全同意,"王宏彬说,"不过,林家柱出事的那天晚上,邹明祥在药剂室上夜班,案犯怎么能够进去偷氯仿呢?"

"我记起来了!"陈静美从座位上一跃而起,"那天晚上,新村餐馆附近发生了一起血腥斗殴……"

她讲述了亲眼看到的那场打斗,三人探讨这场斗殴与诊所药剂室氯仿的失窃有无关联。陈静美说:

"当晚,我同何干事一道,把那两个参与斗殴的青年——脱衣舞男和色情猛男送到诊所就医,外面的人拼命想挤进来看热闹,诊所里的人也谈论不休。我路过药剂室,看到一个小护士同药剂师邹明祥谈话。小护士问他,那个'家男人'是怎么发现'野男人'的?邹明祥说不知道。小护士告诉他,是一个爱管闲事的人写信告诉'家男人'的,从而引发了这场斗殴。这也导致邹明祥离开药剂室去看热闹,给了偷氯仿的人可乘之机。"

"写告发信和偷氯仿这两件事,可能是偶然凑在一起的,也可能是精心安排的调虎离山之计。要解决这个问题,必须去找那个收到信件的脱衣舞男,看那封信还在不在。"刘洋凯思索着说。

王宏彬、陈静美同意刘洋凯的建议,由他俩去"倾本戴尔"脱衣舞夜总会,找那个叫胡延龄的舞男;刘洋凯先去法医室了解鲁玉英尸体的检验结果,然后到土耳其浴室跟瑶瑶见面。

法医告诉刘洋凯,鲁玉英的死亡原因,是被凶嫌用绳索勒颈,引起窒息。

鲁玉英确实遭到奸污,从她阴道内残留的精液检出了嫌犯的 DNA。

刘洋凯还了解到,鲁玉英的一位亲属曾经听鲁玉英亲口说过,她从餐馆辞职后在一家药厂上班,这家药厂就在新村一带。

鲁家大院地下车间的办公室里,"厂长"向"董事长"报告:血液研究已取得重大成果。

"血液研究还剩最后一个问题。""厂长"说。

"董事长"问:"什么问题?"

"厂长"说:"血浆的保存问题。血浆是血液的重要组成部分,要长期保存血浆,必须加进九千年制药厂研制的代号为'B. Q.'的抗衰老药的有效成分,乔治虽然进入了该厂技术科,但一直没有获得'B. Q.'配方。"

"那怎么办?""董事长"问。

"直接找九千年制药厂技术科科长李金庭。"

"怎么去找他?"

"厂长"神秘地一笑:"厚之已做出绝妙安排……"

第二十章　访问舞男

侦缉人员只要面临工作任务,就像上满发条的钟表,一刻也不会休息;他们奔忙的脚步,如同那表盘上的时针,夜以继日地运行着。

陈静美、王宏彬来到曼哈顿。

市区比郊区热闹得多。当郊区的人家已经关门闭户的时候,市区宽阔明亮的街道上,仍然奔驰着车辆,男男女女有的在街边拥吻依偎,有的哼着歌曲在人行道上结伴而行。各种色彩的霓虹灯,高高悬挂在一幢幢漂亮的建筑物上,像熊熊的火炬在夜空中燃烧,把街道照得十分明亮。

陈静美、王宏彬经过皇后区大桥,走到曼哈顿六十一街和第一大道交口处的"倾本戴尔"夜总会。足足有两层楼高的广告牌上,一位高大威猛的脱衣舞男昂首挺立。

他俩都是早就听说,但头一次来这家以百老汇式的歌舞秀包装、极负盛誉的男性脱衣舞夜总会。王宏彬看到女宾们进入,所有随行的男子都留在门口,对陈静美说:

"你进去找胡延龄,我在外面等你。"

陈静美笑道:"'倾本戴尔'的规矩是男宾止步!"

她指了指街对面一家咖啡店,告诉王宏彬:"你到那家咖啡店等着,我把胡延龄约出来。"

陈静美走进夜总会,立刻有俊俏、健美的男服务生迎接她。今天正好是周末,有两名颇具阳刚气质的脱衣舞男走到陈静美面前,将她左拥右抱,并把她举起来,然后合影留念。这些照片会做成明信片,演出结束后,让观众自由认购,每张十元。

男服务生把陈静美带到视野最好的马蹄形观众席的正中间坐下。

节目开始,台下灯光全熄,震耳音乐响起。一群赤裸上身、仅用浴巾围着下身的俊美舞男出场,在姑娘们的尖叫声中鱼贯走过陈静美面前……

观众参与的节目"烛光晚餐"开始了。主持人从观众席间邀请一位姑娘上台,同一位身穿白色西装、高大威猛的舞男共进晚餐。席间,这位舞男一件一件宽衣,偶尔爱抚一下这个姑娘,引起观众席一阵阵疯狂的尖叫。

接着是"三对一"的观众参与环节。乐声徐徐响起,浪漫气氛令全场观众如痴如醉。胡延龄穿着鹅黄色的西装出场。

主持人从观众中挑选三位姑娘上台,陈静美也在其中。

胡延龄在姑娘们之间周旋,在这个姑娘面前脱一件,在那个姑娘面前脱一件,并把脱下的衣物交给她们,引来观众爆发式的尖叫声。

胡延龄今晚的表演刚结束,陈静美就向他说明来意,将他带到街对面的咖啡店。

王宏彬早已在座。

陈静美向胡延龄介绍王宏彬的身份后,胡延龄调侃道:"王警官,怎么不来看表演?"

"你们'倾本戴尔'禁止男宾入场呀!"王宏彬有些无奈。

"您可以男扮女装嘛!"胡延龄笑道。

"是呀,我怎么忘了呢?"王宏彬也笑起来。

胡延龄转向陈静美:"陈小姐,是谈上次斗殴的事吗?"

陈静美点点头。

"陈小姐,上次多亏您和那位何女士,否则后果不堪设想!"

"是嘛!两位猛男相斗,很可能两败俱伤!"

陈静美想起当时的血腥场面,心里还在为他俩担忧。

接着,她把听到小护士说的有关告发信的事对胡延龄讲了一遍,然后问道:

"你那天对小护士说过这番话吗?"

"说过。小护士是我的邻居,她当时跑过来问我,我就随口说出来了。"

"那你是不是收到过什么信件呢?"陈静美又问。

"我确实收到过一封信,"胡延龄不假思索地说,"那是一位女士夹在钞票里塞给我的。我回到后台清点钞票时,就看到这封信。"

"信上写了些什么?"王宏彬问。

"信很短,我可以背出来。帅哥:这几天晚上,你有空可以到新村逛逛,你将看到你急需了解的情况。一定要去! 不会白跑一趟。"

"你知道是哪位女士把信交给你的吗?"王宏彬问。

"当时给钱的女士很多,我没有注意。"

"请说说具体情况。"

胡延龄不知道警察为什么会对这封信发生兴趣,心里很纳闷,又不便探问;但他想到他们既然专程来询问自己,一定有原因,便采取合作的态度。他思忖片刻,一五一十地说道:

"我的老婆常常深夜才回家,我问她为什么回来这么晚,她闪烁其词,这使我怀疑她有外遇。我早就听说,新村一带是情侣们的游乐胜地,有几个晚上没有演出任务,我还试探着到那里看了看。这封信虽然没有明说我的老婆有外遇,但印证了我的怀疑,并指出了具体地点,只是信的后面没有落款。"

又是一封匿名信! 陈静美、王宏彬不约而同地想道。

事情很清楚:一个知晓胡延龄妻子有外遇的人写信向胡延龄告密,挑起一场血腥斗殴,然后乘混乱潜入诊所药剂室偷走留有邹明祥指纹的氯仿。

陈静美问胡延龄:"那封信还在吗?"她急于看看写信人的笔迹。

"那封信在夜总会我的衣柜里。"胡延龄用肯定的语气说,"我这就回去拿给你们。"

"好,我们等你。"

陈静美又跟王宏彬交换了一下目光。

第二十一章　浴女举证

晚上八点钟,刘洋凯准时来到土耳其浴室。

大堂经理像上次一样热情地迎接他,把他引进特别会客室。

刘洋凯问大堂经理:"魏良最近来过吗?"

"魏老板昨天来过。"

大堂经理招呼刘洋凯坐下后,匆匆离去。

刘洋凯点燃一支香烟,吸了一口,但不吞下去,马上又吐出来,思考瑶瑶有什么重要事情要告诉他。

一位男招待走进会客室。

"刘先生,请跟我来。"

刘洋凯将香烟掐灭,跟着男招待穿过走廊,登上二楼,来到最里面的一间房。

瑶瑶低着头,躬着腰,站在门口。

"欢迎光临!"

男招待向刘洋凯示意后,转身退下。

瑶瑶抬起头,认出眼前的客人是刘洋凯时,欣喜之情溢于言表:

"哎呀,我当是谁,是刘先生呀,终于把你盼来了!"

瑶瑶拉着刘洋凯的手,将他领进18号房。

关好房门后,瑶瑶说:"刘先生,你真好比黄鹤一去不复返!"

刘洋凯打趣道:"那你这里是不是白云千载空悠悠?"

"怎么会? 我这里经常是宾客盈门,可把我累死了!"

"真是难为你了!"

刘洋凯话里透出怜惜之意。

瑶瑶招呼刘洋凯坐下来,狡黠地问:"刘先生,你是不是听房东阿妈说,我有重要的事情要告诉你,你才来的呀?"

"这是原因之一。我也想来看看你。"

"这是你的心里话吗?"

"是心里话。"

瑶瑶说:"我从那天起就盼着你来,每天等啊,盼啊,一听说有客人指名要我,我就以为是你,心里非常激动;可是见了面都不是你,我又非常失望。我经常是一会儿激动,一会儿失望,以为这辈子再也见不到你了!"

"不会的。我们今天不是又见面了吗?"

"刚才我在门口等着,又以为来的是别的客人,可是我一抬头,居然是你! 我心里怦怦直跳,脸也发烧,真是喜出望外呀!"

瑶瑶毫不掩饰自己的喜悦,她那娇艳的脸庞又红又热,乌亮的眼睛闪着兴奋的泪花。

"瑶瑶,我跟你说说你表妹陈秀芳的情况。"刘洋凯将话题岔开。

"查到线索了吗?"

"我到几家药厂去过,暂时没有查到,正在继续调查。我还没有完成任务,向你道歉!"

"说哪里的话!你能有这份心,我就很感谢了!"

"那你有什么重要事情要告诉我呢?"刘洋凯切入正题。

瑶瑶问:"刘先生,你还记得那个每隔一个多月就连续几天来我们浴室要'垫子洗',把我们这里的小姐全部'洗'遍了的客人吗?"

"当然记得。你对我说过,他的衣服上、身上都有药味。"

"是的,我猜他在制药厂工作。"

"他怎么啦?"刘洋凯问。

瑶瑶告诉刘洋凯,她看了警署的通告后,知道她的租住屋附近有个小男孩遇害,就想起她那天下夜班回家时,看见有个大人抱着一个小孩从黑乎乎的小路上匆匆走出来。大人走到明亮的路灯下时,瑶瑶立刻认出他就是那个身上有药味的客人,小孩是个男孩,他的头耷拉在胸前。瑶瑶认为那个有药味的人可能跟小孩遇害有关系,就作为"重要事情"想告诉刘洋凯,因为刘洋凯是做"寻人"工作的,希望对他的工作有帮助。

这个情况太重要了!——刘洋凯在心里说。

瑶瑶接着讲道,那个身上有药味的客人又到浴室来过一次,让瑶瑶给他"垫子洗",还要了"那个",却没有钱付小费,只写了一张欠条。

"竟然有这样的客人!"瑶瑶噘着嘴,从抽屉里拿出一张纸条,递给刘洋凯,"这就是代替小费的欠条!"

刘洋凯信手接过纸条,本来不想看上面写的无聊词句,可是,跳入他眼帘的笔迹,却跟写给邹明祥的匿名恐吓信上的笔迹十分相似!但这次在欠条上署了名字"祁厚之"。

"这张欠条可以借给我用用吗?"刘洋凯以征询的口气问。

"这张条子对你所做的'寻人'工作也有帮助?"瑶瑶用甜美的声音说。

刘洋凯点点头,并指着欠条问道:"这个名叫祁厚之的客人长什么模样,可以告诉我吗?"

"祁厚之四十岁,身子消瘦,但骨架很大,显得很有力气。眉毛粗短,眼睛鼓出,梳着现在流行的发型。"

"你问过他在哪里工作吗?"

"问了,但他没有回答,只是说他不会溜掉,下次来加倍给小费。"

"他真的溜掉怎么办?"

"我昨天路过鲁家大院,看见他走进院子。那个大院一定是他的住所。跑得了和尚跑不了庙,祁厚之要是赖账,我就到鲁家大院去找他!"

鲁家大院是一位老华侨的房产,老华侨回祖国大陆办企业,家人也跟着去了,大院长期空置。它跟林家柱的家只隔一条巷子。星期天夜晚,林家柱起来小解,看到那个人背着朱萍经过这条巷子,难道他是要去鲁家大院?

刘洋凯感到,横亘在面前的壁垒开始崩裂,失踪女孩的下落逐渐隐现,他的心情十分激动,但面上却不动声色,问道:

"瑶瑶,名叫祁厚之的人进了鲁家大院,你没有看错吧?"

瑶瑶以不容置疑语气回答:"我在新建巷90号住过,对那一带的房子很熟悉,不会看错。"

刘洋凯若有所思地点点头。

瑶瑶又说:"自从我怀疑祁厚之可能跟那个小男孩遇害有关系之后,我对他特别留意。根据侦探小说里的情节,我特地把他上次来浴室吸烟的烟头留下来了,你看有没有用?"

刘洋凯听了暗喜:这个陪浴女郎真了不起!今后如果有需要,真的可以请她帮忙,做些陈静美不能做的工作。

"烟头在哪里?"刘洋凯问,"既然你认为祁厚之有作案嫌疑,他吸过的烟头当然有用。"

瑶瑶从抽屉里拿出一个小盒子,交给刘洋凯。

刘洋凯谨慎地打开盒子,看见里面装了三个香烟头。

"哟,光顾着谈话,忘记给你洗澡了!"

瑶瑶一边说着,一边走上前,将刘洋凯拉进里间的浴室。

刘洋凯侦办的留学生和华人女孩失踪案,已获得具有参考价值的物证——三张字条：

一张是陈静美、王宏彬到"倾本戴尔"脱衣舞夜总会找胡延龄拿回的告密信；

另一张是邹明祥收到的恐吓信；

第三张是祁厚之亲笔写给瑶瑶的欠条。

刘洋凯已经对这三张字条做了鉴定，为慎重起见，王宏彬专程去找警局的笔迹专家进行复核。

李金庭再次来到曼哈顿梯西花园那幢蓝色小楼。

他跟往常一样，走进浴室，在锡制的浴缸里放满热水，洒下精油，全身浸泡在水中，用丝质毛巾涂擦名贵香皂，搓洗身体各个部位……

浴室外传来门铃声。

李金庭知道是艾琳来了，裹着浴巾出去开门。

艾琳深知李金庭的癖好，进屋后，自己只脱外衣，让他脱内衣。李金庭朝她走过来，观赏艾琳的内衣，用鼻子使劲闻艾琳身上的气味。

"你身上好香呀！"李金庭陶醉了，"擦的什么香水？"

艾琳答道："我刚洗过澡，没有擦香水。"

"真是国色天香啊！"李金庭赞美道。

他开始解艾琳的内衣，一个一个地解掉搭扣。

突然，李金庭发出一声轻呼："哎呀，我被扎了一下！"

内衣里面有的地方是用别针别起来的，要解开这么繁琐的玩意儿,以及这些粉红色的饰带和花边,被针刺一下是不足为奇的。

然而,这些别针事先都被祁厚之用药水泡过,别针上的药通过李金庭手指上的微小伤口慢慢进入他的体内。

"让我来解吧。"艾琳建议。

"还是我自己来。"

李金庭又被别针扎了一下。

不一会儿,进入体内的药使李金庭进入半梦半醒状态。

他根据艾琳的要求,给技术科副科长打电话,指定乔治负责抗衰老药"B. Q."生产车间下料的协调工作,从而让乔治获取了"B. Q."的配方……

"董事长"很晚才来到鲁家大院,祁厚之向"董事长"报告,已将"B. Q."配方中的有效成分加入新鲜血浆中,以利于长期保存。

"董事长"听了很高兴,又说了一些奖励的话,接着话锋一转,"你们以鲁家大院为据点,已经三个多月了,时间太长了,我给你们找到了新的据点,今天晚上搬家!"

"今天晚上?"祁厚之咋舌,"肯定来不及了!"

"厂长"也说:"董事长,现在搬家太仓促,我们毫无准备。"

"董事长"看看墙上的挂钟:"半个小时后,会有两辆大货车开来,趁着夜色搬家很安全。"

"厂长"请求道:"董事长,宽限一天,明天晚上搬。"

祁厚之接过话头说:"添加'B.Q.'的血浆正在试验保质期,如果现在下线,前功尽弃,明天还得重来。"

"厂长"重申:"明天晚上一定搬!"

"董事长"摇摇头:"一定要今天晚上搬……"

王宏彬带着鉴定结果返回。

警局的笔迹鉴定专家肯定了刘洋凯的猜测,即脱衣舞男收到的告密信、邹明祥收到的恐吓信,均为祁厚之亲笔所写。

陈静美指出:"写给胡延龄的告密信,挑起了两个男人的血腥斗殴,使得与袁美娥私通的邹明祥心神不宁,这个犯罪团伙的人乘混乱潜入新村诊所药剂室偷走氯仿,将杀死林家柱、张铁嘴的罪责转嫁给邹明祥。"

王宏彬接着说:"邹明祥收到恐吓信后,十分害怕,觉得自己真的是杀害林家柱的凶手,被逼到母亲的坟前上吊自杀!"

但是,王宏彬拿回的检验单显示,残留在鲁玉英阴道内精液的DNA,跟祁厚之留在香烟头上的DNA没有对上。奸杀鲁玉英的另有其人。

陈静美据此建议:"我认为要以祁厚之为突破口,因为这两封信都是祁厚之写的,而且他很可能跟林家柱被害有关,应该马上传讯祁厚之!"

"我同意,"刘洋凯说,"为了找到祁厚之,必须先弄清鲁家大院的情况,这就要靠阿彬了。"刘洋凯将了王宏彬一军。

"我已经把看守鲁家大院的人找来了。"王宏彬早有准备。他出去片刻,引着一位老伯返回。

他招呼老伯坐下,问:"郑伯,鲁家大院还空着吗?"

郑伯说:"原先空着,现在租给一个朋友了。"

"他叫什么名字? 租房子干什么?"王宏彬问。

郑伯说,他叫祁厚之,租房子是为了办药厂。鲁家大院有个很宽敞的地下室,在里面办个小型药厂,是个不错的选择。

王宏彬接着问道,你的朋友办这个药厂,有药管局发的许可证吗? 郑伯说,这倒没有注意,大概有吧。

王宏彬指着身穿便衣的刘洋凯和陈静美对郑伯说:"这是药管局的工作人员,要检查许可证,请带他们过去。"

"可以可以,"郑伯爽快地答应了,"工厂做药是给很多人吃的,当然要有许可证;两个人结婚,还要领结婚证呢!"

在郑伯的积极配合下,刘洋凯、陈静美、王宏彬以药管局检查许可证为名顺利进入鲁家大院。

然而,秘密药厂"厂长"根据"董事长"的指示,昨天晚上已经将人员、设备搬走了! 当刘洋凯等人走进地下室时,发现已是人去室空。

"我们来晚了!"陈静美非常失望。

"祁厚之潜逃,"王宏彬遗憾地说,"线索又断了!"

刘洋凯对地下室残留的物品进行仔细清理,发现一张印有西班牙文的卡片。

　　幸亏刘洋凯懂西班牙语,那是一张位于奥兰多的私人会所的会员卡,执卡人是阿宝(英文名叫保罗),他涉嫌绑架两名留学生和一名华人女孩,正是刘洋凯要找的人。

　　刘洋凯决定再次前往奥兰多。

　　陈静美留在纽约,同王宏彬一起调查祁厚之及秘密药厂的去向,寻找杀害林家柱的犯罪嫌疑人。

第二十二章　探访会所

刘洋凯再次来到奥兰多,在比尤纳维斯湖畔,找到了阿宝会员卡上写的私人会所。

这家会所是性变态人群的聚集地。

进入这家会所的男女都可以化装,刘洋凯戴着眼镜,贴上胡须,走到会所门口,出示会员卡。

"先生,这张会员卡是阿宝先生的,怎么会在您手上?"守门员拦住刘洋凯。

"哦,是这样的,"刘洋凯解释道,"阿宝先生是我的好朋友,他出国了,这张卡已交了年费,不用可惜,他就给我了。"

"这种卡是可以转给朋友使用……"守门员狡猾地看了刘洋凯一眼,"但要另交费用。"

"这个我知道。"刘洋凯掏出几张钞票,塞给守门员。

这家会所位于一座豪宅之中,迎门立着一排雕花装饰的屏风,深红色的地毯上摆放着许多华丽的沙发、茶几,四壁悬挂着美女俊男的油画,油画在花环状吊灯的映照下熠熠生辉。

刘洋凯走进客厅,看见里面已坐着三十多个男女,他们有的化了装,有的戴着面具。

不一会,一位白人男子走进来,他戴着一副用硬纸板剪成的眼镜,看上去有点滑稽可笑,他对与会的男女说:

"欢迎各位大驾光临!本会所的宗旨,我想不必重复,那就是让大家都玩得愉快。至于本会所的规则,我有必要强调一下,就是根据抽签来决定各自的对象,无论男女,都不能拒绝抽中的对象。当然,男人绝不能强迫女人干她不愿干的事,但是,女人的意愿可以优先考虑。下面开始抽签!"

与刘洋凯配对的是一个名叫辛西娅的白人姑娘,她化了淡妆,姿色出众。

刘洋凯仍然戴着眼镜,胡须也没有取下来。

辛西娅挽着刘洋凯的手,进入一间华丽套房。

看来辛西娅很熟悉这里的环境,她从冰箱里取出威士忌,放到桌上,然后拿出玻璃酒杯。

她将威士忌倒入杯中,双手递给刘洋凯:"请开怀畅饮。"

"谢谢!"刘洋凯接过酒杯,喝了一口。

"我也许使你有些失望吧?"辛西娅十分谦虚。

刘洋凯望着辛西娅。她有一头秀美的金发,一对碧蓝的眼睛,肌肤光润,雪白细嫩。

刘洋凯又喝了一口酒,装作一副老资格会员的样子,赞道:"你的身材修长,苗条而丰韵,是个大美人!"

"我感到荣幸,总统阁下。"

辛西娅含笑回答。

"我想先洗一下。"辛西娅站起来。

刘洋凯点头。辛西娅年轻漂亮的背影消失在浴室内。

刘洋凯从冰箱里取出冰块,放进盛有威士忌的酒杯里。

冰块在酒杯里发出卡吱卡吱的声音。

刘洋凯拿着酒杯,陷入沉思:

在这个华丽房间里,能否从辛西娅口里,获得阿宝的信息呢?

辛西娅从浴室里出来。她身上裹着一件透明的长纱衣,漂亮的大腿匀称修长。

刘洋凯没有心情观赏这位美丽的白人姑娘,还在猜想她是否认识阿宝,以及如何向她打探阿宝的具体情况。

辛西娅一本正经地对刘洋凯说:"看上去,你是个老资格的会员,该知道'游戏'如何开始吧?"

"当然知道!"刘洋凯事前做过"功课",俨然是一名久经沙场的行家,"我们即将迎来神圣的时刻,可以自由地处置自己的身体和行为,从阴郁和压抑中解放出来!"

刘洋凯把辛西娅抱起来,轻轻放在沙发上,顺势蹲在她的腿旁,巧妙地问道:"女王陛下,我和阿宝,谁更符合你的心意?"

"你认识阿宝?"辛西娅问。

"当然,他是我生意上的伙伴。"刘洋凯随口答道。

"阿宝是这里的老顾客,经常跟我配对。"辛西娅说,"不过,他有两个星期没有来了。"

"我最近有一笔生意跟他谈,找不到他。"

"我知道到哪里去找他。"

"快告诉我。"刘洋凯急切地说。

辛西娅狡黠地一笑:"你下次来,我再告诉你。"

奥兰多克拉贸易公司的写字间里,华人女孩伍忆薇正在处理一大堆文件,她桌上的电话响起了铃声。

她正要伸手去拿话筒时,发现是内线电话,她几乎不想接听。

迟疑了几秒钟后,她还是拿起了话筒,用职业性的语调对着话筒说:"您好!"

话筒那边传出焦躁的声音:

"阿薇,你到哪里去了?赶快到我的办公室来!"

"是……"伍忆薇还来不及答话,对方的电话"啪"的一声挂断了。

打电话的人是伍忆薇的白人女上司阿丽丝。

伍忆薇推开桌上的文件,急步走出写字间,来到阿丽丝的办公室。

阿丽丝是公司的营业经理,掌握公司大权,在公司内当然可以呼风唤雨。

伍忆薇是阿丽丝介绍进公司的,她是伍忆薇的"恩人",伍忆薇一切都要听她的,每天都要看她的脸色行事。

阿丽丝自恃是给伍忆薇提供饭碗的人,只要对她看不顺眼,就会把她骂得狗血淋头。

伍忆薇是个好脾气的女孩,但对这个"恩人"也招架不住,见到她就像老鼠见到猫。

伍忆薇也曾想到辞职,但想到一个华人女孩远在异国他乡,找一份稳定的工作很不容易,只好忍气吞声。

当伍忆薇走进阿丽丝的办公室时,一向冷若冰霜的阿丽丝竟然罕见地露出亲切的笑容,还示意伍忆薇在沙发上坐下来,用温软的声音说:

"阿薇,你来公司的日子不短了,公司的一切你都熟悉了吧?"

"总算应付得来。谢谢经理!"伍忆薇低声回答。

"很好。"阿丽丝微笑着点点头,"我认为你十分称职,总觉得我没有看错人。"

伍忆薇有点不敢相信自己的耳朵,这个女人怎么突然称赞起自己来?

全公司的人都知道阿丽丝的为人处事,一向都是功劳归自己,出了问题怪员工。

"我的秘书麦当娜下个月会离职,我心目中的人选是你,"阿丽丝看了伍忆微一眼,"不过,还得看你的表现……"

从普通文员到秘书,意味着升职加薪,阿丽丝怎么会对一个华人女孩如此关照?伍忆薇默不作声,静静地听她继续说下去。

"今晚我约了一个客户在奥兰多最有名的海鲜酒楼吃饭,我想带你去见识见识。"

伍忆微早知道阿丽丝的笑容不会轻易露出来,还不是有差事要自己去做!

"是不是一定要去?"伍忆薇试探着问道。

"你不是想拒绝我吧?"阿丽丝反问道,脸色有点变了。

"啊……不……那就……去吧……"伍忆薇虽然不情愿,却不敢拒绝。

"很好。"阿丽丝的脸色和缓下来,对伍忆薇说,"你今天提前两小时下班,回宿舍换衣服,我的车子会在七时三十分去接你,不要迟到!"

"嗯,嗯。"伍忆薇连声答应。

她出门时,阿丽丝一再提醒:"记住,打扮得漂亮一点!"

伍忆薇一边走,一边心里嘀咕:自己又不是公关人员,为什么连公关的业务都要落在自己身上?这个经理也真够离谱!

刘洋凯为了寻找两名失踪的留学生和一名华人女孩,获取中文名字叫"阿宝"的犯罪嫌疑人的行踪,他再次来到奥兰多那家私人会所,找到辛西娅。

又走了一趟"程序"后,辛西娅告诉刘洋凯:阿宝是奥姆科技公司驻奥兰多的商务代表,他最近很少来我们会所,常去另一家俱乐部,他的办公地点我不知道,但他跟奥兰多克拉贸易公司的营业经理阿丽丝关系很好,找到阿丽丝,就能知道阿宝的办公地点。

伍忆薇回到宿舍,换了一套雪白的短西装套裙,再配上一对人造钻石耳环,脸上薄施粉脂,显得艳光四射。

阿丽丝指派的司机开车到伍忆薇的宿舍,喊她下楼来,将车钥匙交给她以后,就走了。

伍忆薇开车到奥兰多海鲜酒楼。这家酒楼提供的各种蟹类新鲜味美,受到顾客一致好评。晚餐几乎天天客满,要提前预约,阿丽丝早已订了位。

伍忆薇泊好车,走进酒楼,侍应生将她带进一间贵宾房内。

阿丽丝正在跟一位白人男子谈话。男子不知说了一句什么话,她笑得花枝乱颤。

伍忆薇进房时,阿丽丝看了她一眼,似乎很满意她今晚的打扮。她把伍忆薇介绍给白人男子认识。

"这位是伍忆薇小姐,我的私人助理。"

伍忆薇心想自己不过是一名普通文员,什么时候升做她的助理了?

阿丽丝笑容可掬地望了那个白人男子一眼,对伍忆薇说:

"这位是阿宝先生,奥姆科技公司经理。"

"你好,伍小姐!"阿宝友善地向伍忆薇伸出手。

伍忆薇不敢怠慢,强作笑颜跟他握手:"您好!久仰大名,请多指教!"

阿丽丝点了这家酒楼最有名的海鲜,还要了酒。

席间,阿丽丝谈笑风生,话题不断,还不时向阿宝劝酒,伍忆薇也被迫喝了几杯。

伍忆薇几杯酒下肚,一张俏脸已红得像苹果。

阿宝的目光不时落在这个"红苹果"上面,很想咬一口。

阿丽丝是个聪明人,席上的情形她观察得一清二楚,她看得出阿宝九成九看中了伍忆薇。

晚宴到了尾声,阿丽丝又绽开笑脸,对阿宝说:

"今天晚上我很高兴,希望我们的合作能成功。"

"我也希望成功。"阿宝说话时,眼尾悄悄瞥向伍忆薇。

伍忆薇并没有留意,但阿丽丝心里明白。

离开海鲜酒楼,阿丽丝亲自开车,送阿宝回去。

伍忆薇当然也在车上。

阿丽丝将车开到国际驾驶街一栋旧式的西班牙建筑门口停下,对伍忆薇说:

"你先送阿宝先生进去,我泊好车就来。"

"我……"伍忆薇有点犹豫,但阿丽丝一把把她推下车。

伍忆薇无奈,只好陪着阿宝走到屋门口。

阿宝掏出遥控器,按了一下,铁门自动打开。

伍忆薇勉强地跟着阿宝走进去。

进屋后,阿宝用手轻搂着伍忆薇的腰肢。

伍忆薇觉得很唐突,但又不好意思推开他的手。

阿宝将伍忆薇带入一间豪华的房间,随即将房门关上。

他走到伍忆薇跟前,一手将她搂进怀里。

伍忆薇将他推开,吃惊地说:

"阿宝先生……你这是……干什么……"

"怎么啦,到现在还不明白?"阿宝轻佻地笑着说。

"阿宝先生……我真的不明白……"

"什么?阿丽丝没有跟你说吗?"

"她只说要我陪她跟一位客户吃饭。"

"但她跟我说,找个秘书来陪我……"阿宝指出,"她的意思是叫你陪我。"

"不,我不相信她会这样说。"伍忆薇又气又急,"她在泊车,等她来了我要问她。"

"你不用等她了,她已经走了,不会来的!"

"啊!"伍忆薇失声叫了起来,这是一个陷阱,阿丽丝早就设下这个陷阱,要她一脚踩下去。

伍忆薇痛恨这个上司,转身就想夺门而逃,却被阿宝一手抓住。

"怎么？你想走？"

"阿宝先生……求你放我走吧，我不是妓女……"伍忆薇急得哭了起来。

"我知道你不是妓女，所以才喜欢你。"阿宝一只手抓着她，一只手将她的脸扳过来，用温软的声音说，"看着我，难道我真的令你那么讨厌吗？"

伍忆薇看着阿宝，那双蓝色的眼睛充满柔情，他的确不是令人讨厌的男人。

"但是……阿丽丝竟然……要我……"伍忆薇抽泣着说。

"阿丽丝也是一片好心，想介绍你加入我们公司。"

"你们公司，什么公司？"伍忆薇问。

"我们奥姆科技公司。"

"你们这家科技公司做什么业务？"

"我们公司是一家高科技公司，"阿宝自豪地说，"公司的宗旨是：让年轻人精力更加充沛，让老年人返老还童！"

负责秘密工厂"采购"工作的阿宝，是一个调情高手，他尽显柔情蜜意，并让马德琳出面介绍公司业务，伍忆薇不再嚷着要走了。

刘洋凯根据辛西娅提供的信息，打电话到奥兰多克拉贸易公司，找到营业经理阿丽丝。

"您好，我是阿丽丝。"她在电话里说，"有什么可以帮助您的吗？"

刘洋凯分析,名为"奥姆科技公司"的秘密药厂采购站只"采购"女青年,便用女性的嗓音对阿丽丝说:"我想加入奥姆科技公司,也知道这家公司驻奥兰多商务代表叫阿宝,但不知道办公地点在奥兰多什么地方,我的朋友辛西娅说您知道,阿丽丝经理,您能告诉我吗?"

"当然可以,"阿丽丝满口答应,"阿宝的办公地点在国际驾驶街一栋旧式西班牙建筑里,您到了那条街一眼就可以看到。"

刘洋凯谢过阿丽丝,来到国际驾驶街,那栋旧式西班牙建筑一下就跳进他的眼帘。

栽在墙内的松树枝叶伸展到墙外,使这栋房子显得十分庄严、深沉。

然而,房子里面,却飘溢着年轻女子肌肤的香气。

刘洋凯没有贸然敲门进入,而是找了一个隐蔽的位置,监视秘密药厂这个新设立的"采购站"。

他的手机响了,是马德琳打来的。

"我见到阿宝了……"马德琳对刘洋凯只说了一句话,手机里就没有声音了。

刘洋凯把电话打过去,马德琳的手机已关机。

刘洋凯推测,马德琳的手机被没收了。

第二十三章　潜入侦查

奥兰多,国际驾驶街。

刘洋凯监视那栋旧式西班牙建筑已经三天了。

没有人进去,也没有人出来,马德琳再也没有打电话来。

刘洋凯感到这里面一定有问题,于是到奥兰多警署见沙利警长,向他报告这次来奥兰多是为了寻找失踪的留学生和华人女孩,国际驾驶街那栋旧式西班牙建筑可能是"奥姆科技公司"新的联络站,想进去查看。

沙利警长一听到"奥姆科技公司",就想起不久前刘洋凯帮助破获的发生在天鹅酒店的命案,当即同意刘洋凯的要求,并派实习警员莫妮卡陪同他前往。

刘洋凯、莫妮卡来到那栋旧式西班牙建筑门口,敲门无人应答,刘洋凯征得莫妮卡同意,用万能钥匙将门打开,进入门内。

刘洋凯、莫妮卡寻遍楼上楼下所有的房间,都不见一个人影。

最后,他俩在储藏室的冰柜里,发现两名年轻女子的尸体!

其中一具尸体,后来证实是在奥兰多克拉贸易公司打工的华人女孩伍忆薇。

另一具尸体,刘洋凯认出是美国女孩马德琳。

她们二人,都是阿宝"采购"的供秘密药厂采血的"血源"。

作为"血源"的年轻女孩,有两种情况:一是将她们养起来,长期少量采血;二是一次性抽干她们身上的全部血液。

伍忆薇、马德琳,还有被抛尸于佛罗里达州北部冲积平原上的韩裔少女金玉姬,都是因全身血液一次性被抽光而死去。

莫妮卡见到两具冰冻的少女尸体,先是震惊,后是疑惑,问刘洋凯:"这是怎么一回事?"

刘洋凯向她简要地介绍了案情,说:"我认为,这两个女孩的死,跟一个叫阿宝的犯罪嫌疑人有关!"

"到哪里去找他?"莫妮卡问。

刘洋凯在检查马德琳遗体时,发现她的右边腋下,有两颗十分显眼的黑痣,而上次在网球场见到她从更衣室出来,抬高右手拨弄头发,腋下并没有黑痣。

刘洋凯用手擦拭,黑痣可以擦掉。

这两颗突然"长"出的黑痣,显然是马德琳生前用眉笔画上去的。

她为什么要在自己的右边腋下画上两颗黑痣?

她在手机被没收,不能跟外界联系,也无法写字条的情况下,想用这两颗黑痣传达什么信息呢?

刘洋凯陷入了沉思。

"到哪里去找犯罪嫌疑人阿宝？"莫妮卡再次向刘洋凯发问。

刘洋凯经过沉思，已找到缉拿阿宝的途径。

他对莫妮卡说："我知道阿宝常去一家俱乐部，他的右腋下有两颗黑痣，去那里可以找到他。但这家俱乐部需要男女结伴入场。"

让谁作为刘洋凯的女伴去这家俱乐部呢？

沙利警长手下有三名从事潜入侦查的女警察，他向她们介绍了案情，讲到需潜入俱乐部寻找犯罪嫌疑人，但他并没有强迫她们接受任务，并再三声明不愿意去的可以不去，绝不勉强。

看到沙利警长十分宽容，这三名女警察都不愿意去俱乐部。

在沙利警长为派不出女警察去俱乐部而发愁的时候，实习警员莫妮卡出现了。

"警长，让我去俱乐部吧！"莫妮卡主动请战。

"这可是非常危险的呀！"沙利望着莫妮卡娇嫩的脸庞说。

"躺在冰箱里的伍亿薇、马德琳，不仅身子被玷污，而且血液被抽干。如果不进行潜入侦查，尽早抓获凶犯，还会有更多的女孩被害！"莫妮卡深刻地认识到这次任务的重要性。

沙利警长考虑片刻，同意莫妮卡进行潜入侦查，作为刘洋凯的女伴去俱乐部。

这家俱乐部位于奥兰多奇士米。

刘洋凯、莫妮卡办好手续,戴上纸板眼镜,手挽手走进去。

俱乐部装修豪华,布局精巧,气氛温馨。大厅里悬挂的标语十分醒目:

新鲜感使人快乐

柔和的灯光下,已经有十多对男女在那里等候。他们有的化了装,有的戴着纸板眼镜,看到新来的刘洋凯和莫妮卡,响起了热烈掌声。

莫妮卡下定决心,为了查找凶犯,即使与这些男人周旋,她也可以忍耐。

然而,一旦身历其境,她仿佛掉进冰窟,阵阵寒气向她袭来,周身一片冰凉。

刘洋凯紧紧握住她的手。

这是他对莫妮卡无言的鼓励,当然也包含着怜惜。

造物主也怜香惜玉,眷顾这个忠于职守的女警,由抽签决定跟莫妮卡配对的第一个男人,竟然右腋下有两颗黑痣!

这个人正是犯罪嫌疑人阿宝。

此刻,阿宝正脱了衣服,躺在床上休息;莫妮卡看他闭着眼睛,悄悄溜出房间。

她好不容易才找到一个无人的房间,掏出手机,拨打刘洋凯的电话。

大门近旁的一间房里,刘洋凯心不在焉地敷衍着他的女伴。

手机铃声响了,刘洋凯跑进卫生间接电话。

"我找到他了!"莫妮卡的声音透出兴奋,"他的右腋下有两颗明显的黑痣。"

"太好了!"刘洋凯喜出望外,"你在几号房?那人是什么长相?"

突然,不知是谁喊道:"着火了!着火了!"

火是阿宝放的。

刚才在房间里,阿宝发现莫妮卡多次偷看他的右腋下,就起了疑心;后来莫妮卡溜出去打电话,他做贼心虚,以为警察已包围了这栋房子,为了脱身,不惜放火。

这家俱乐部的房间为了提高私密性,透气不好,烟气出不来,人们呛得直咳嗽;顿时,俱乐部里一片混乱。有的男女逃生心切,顾不得穿衣服,赤身裸体就往大厅跑。

刘洋凯发现着火,立即改变到莫妮卡的房间跟她会合的计划,大步流星跑到俱乐部大门口,监视从里面逃出来的人。

直觉告诉刘洋凯,最先逃出来的人,有可能就是纵火者。

他结合莫妮卡提供的阿宝的体态特征,从第一批逃出来的人里找到了阿宝。

"阿宝先生,请站住!"刘洋凯一把将他拉住。

"你是谁?我不认识你!"阿宝想甩开刘洋凯的手。

刘洋凯铁钳似的手紧紧抓住他："你不认识我,该认识伍亿薇、马德琳吧?"

这句话,像尖针似的刺在阿宝的心上,他一时无法回答。

莫妮卡跑了过来。

阿宝全明白了。

几乎在消防车开到俱乐部的同时,接到莫妮卡电话的沙利警长,亲自驾驶警车赶到。

阿宝被押上警车。

阿宝供认,一次性抽光伍忆薇、马德琳全身血液,是为了完成秘密药厂的血液研究项目。

阿宝遗憾地对刘洋凯、莫妮卡说,原计划在这次的专题研究完成后,将放置于冰柜里的两具尸体进行处理,没料到还来不及移走尸体,就被你们发现了!

关于纽约的秘密药厂,从鲁家大院迁往何处的问题,阿宝说他真的不知道。他现在只管奥兰多这边的业务,纽约的工作由范布勒分管。

刘洋凯问阿宝："到哪里去找范布勒?"

阿宝说："范布勒跟一个叫王宝发的中国人有生意来往,王宝发来奥兰多时,我见过他,后来他去了范布勒家,他知道地址。"

刘洋凯立即与师妹丁红娟越洋通话,请她一定要找到王宝发;丁红娟通过专用网络,很快联系到王宝发,王宝发说范布勒住在奥兰多教堂街,并告之了门牌号码。

刘洋凯驱车经过旧火车站,驶往教堂街,找到范布勒的家。

开门的是一位中年妇女。

"请问这里是范布勒先生的家吗?"

"是的。"

"范布勒先生在吗?"

"他出去了。"

"您是……"刘洋凯问。

"我是范布勒先生家里的保姆科妮亚。您明天上午来吧。"

"谢谢。"刘洋凯转身离去。

第二十四章　罐装啤酒

次日上午,刘洋凯再次按响范布勒家的门铃。

保姆科妮亚开门。她不等刘洋凯发问,就主动说:"范布勒先生在家,但是他还没有起床。"

"能叫醒他吗?"刘洋凯征求保姆的意见。

保姆看了一眼范布勒从瑞士带回的古董座钟:"可以!"

保姆将刘洋凯领进客厅,请他坐在柔软的蓝灰色皮沙发上,随即去敲范布勒卧室的门。

无人应声。

保姆轻轻一推,门未上锁,开了,她走进范布勒的卧室。

"出事了!出事了!"保姆从卧室跑出来。

"出了什么事?"刘洋凯问。

保姆吓得脸色发青,两腿像弹棉花似的不住打战:"范布勒先生死了!"

刘洋凯站在卧室门口向里面望去,赫然发现卧室里的一张大铜床上,赤裸裸地躺着一个白人男子的尸体。

刘洋凯立即掏出手机,拨通莫妮卡的电话,告诉她:"已经找到范布勒先生,但他已经死了!"

"他死在什么地方?"莫妮卡问。

"死在自己家里。"刘洋凯问,"你能过来看看吗?"

"请稍等,我去请示沙利警长。"

少顷,莫妮卡对刘洋凯说:"沙利警长让我抓紧对阿宝进行审讯,找到更多的秘密据点,解救被骗的女孩;鉴定范布勒死因、缉拿凶嫌的事,洋凯兄持有我国法医、侦探执照,就有劳您了!"

刘洋凯关上手机,向范布勒的保姆出示执照,表明身份,进入卧室,开始现场勘查。

范布勒年约四十岁,四肢被电线捆绑成"大"字形,仰卧在床上,捆绑他的手脚的电线,系在大铜床上的四条柱脚上。

刘洋凯看到死者口里塞着一只袜子,推想范布勒在临死前,曾经呼喊挣扎过。

他问保姆:"你昨天夜晚听到范布勒先生喊叫吗?"

保姆回答:"我住在院子里的保姆房内,离范布勒先生的卧室很远,没有听到。"

保姆告诉刘洋凯,她是一年前被范布勒雇请来的,她没有见过他的太太,也不知道他有没有子女。

刘洋凯问保姆:"你昨晚最后见到范布勒先生是什么时候?"

"大概是晚上八点钟,"保姆又看了一眼范布勒从瑞士带回的古董座钟,"我服侍范布勒先生吃了晚饭后,就拿着碗碟到厨房里去洗。还没有洗完,就听到他从车库里把车开走了。"

"你知道他到哪里去吗?"刘洋凯问。

"不知道。"保姆摇摇头。

"他什么时候回来的?"

保姆又摇头,表示不知情,并解释说:"范布勒先生通常很晚才回家,我每天晚上十点多钟就睡了,所以我不知道他什么时候回来的。"

"平时有些什么人来找范布勒先生?"

保姆支支吾吾,欲言又止。

刘洋凯又问了一遍,她才回答:"是一些年轻男人,通常是范布勒先生带他们回家的。"

"知道他们的名字吗?"

"不知道。只要这些男孩来,范布勒先生都不准我进屋里去。"

"为什么?"

"我不知道。"

"他们在屋里干什么?"

"我更不知道。"

"不过……"保姆沉吟片刻,"有一次,我从保姆房出来,刚走到院子里,就看到范布勒先生正在同一个光着身子的男孩在客厅里追逐玩耍,我赶紧躲进保姆房,关上门不敢出来。"

刘洋凯根据保姆反映的情况,以及在死者肛门发现的精液,认定范布勒是同性恋者。

谁杀害了范布勒?

凶嫌一定在范布勒的同性恋伙伴之中!

从范布勒四肢被电线捆绑的情况看,凶嫌可能不止一个人。

刘洋凯在范布勒睡床下发现了一个空啤酒罐,跟他家冰箱里贮藏的啤酒不是一个品牌。刘洋凯推想,这个牌子的啤酒一定是从外面带回来的。

刘洋凯在空啤酒罐上提取了指纹,经比对,确定是范布勒的指纹,这表明范布勒昨天可能去过酒吧。

保姆告诉刘洋凯,范布勒有一台鳄鱼皮手机,现在没有见到它,可能被凶嫌拿走了。

空啤酒罐是刘洋凯的破案线索,鳄鱼皮手机里极有可能储存着刘洋凯需要的重要信息。

刘洋凯在奥兰多忙活的同时,纽约那边,陈静美、王宏彬也在全力查找秘密药厂的新址。眼看出现多条线索,他俩非常兴奋,可是深入调查,却始终不见秘密药厂的踪影。

刘洋凯、陈静美经常通话,交换彼此工作进展情况。

刘洋凯今天又跟陈静美通话,他们仍然没有找到那个秘密药厂,这更增加了刘洋凯的紧迫感,既然纽约那边没有进展,奥兰多这边的工作必须抓紧!

刘洋凯拿着那个空啤酒罐和范布勒的照片,马不停蹄地跑了多家酒吧,都没有对上号。

他来到一家名为"皇宫"的酒吧。

这家酒吧正在销售范布勒拿回家的那种啤酒。终于对上了号!

酒吧里人头攒动,烟雾弥漫,声音嘈杂。

铺着木地板的狭小舞池里,几对男女搂抱着跳舞,彼此亲吻,旁若无人。

刘洋凯走到吧台,向一位调酒师表明身份,拿出范布勒的照片,递给他看:"认识这个人吗?"

调酒师看了看照片,毫不犹豫地说:"哦,范布勒先生,我们店里的老顾客。"

"他昨晚来过吗?"

"来过。"

"什么时候走的?"

"这个……"调酒师考虑片刻,"这个我倒没有注意,不过,通常他都是很晚才走。"

刘洋凯又问:"他昨晚跟谁在一起?"

调酒师反问:"这很重要吗?"

"很重要,请你务必回答。"

"好,我说。"调酒师压低嗓子,"范布勒昨晚跟兰尼和另一个年轻人在一起。我不认识那个人,但我相信他跟兰尼很熟络。"

"兰尼也是你们店的顾客?"

"不是,他是我们这里的服务生。"

"谈谈兰尼的情况吧。"刘洋凯说。

调酒师说:"兰尼昨天休假,他把那个年轻人带到店里喝酒。后来范布勒来了,他们三人在一起喝酒聊天,看样子很熟。不过,他们是什么时候走的,我真的没有留意。"

刘洋凯向酒吧内环视一圈,又问调酒师:"兰尼今天上班吗?"

"他今天应该上班,"调酒师皱了皱眉头,"怎么还没有来呢?"

刘洋凯在酒吧等了许久,不见兰尼人影,便向酒吧老板要了兰尼的住址,随即打手机通知莫妮卡。

刘洋凯、莫妮卡和另一位警员在兰尼的住地守候了半个多小时,终于等到一个年轻人来到门口,掏出钥匙准备开门,他见到走廊里有陌生人,做贼心虚,拔腿就往楼上跑。

刘洋凯紧追不舍,那个年轻人在天台上走投无路,只得束手就擒。他正是杀害范布勒的凶嫌兰尼。

兰尼被押回警署,经审讯,交代了伙同泰伦杀害范布勒的犯罪事实。

兰尼、泰伦都是范布勒的同性恋伙伴。泰伦其实不是同性恋,他是为了赚钱才加入同性恋团伙的。

案发当晚三人离开皇宫酒吧时,每个人都要了一罐啤酒路上喝,范布勒在路上没有喝完啤酒,就把啤酒带回了家里。

在范布勒家中的卧室里,三人玩起同性恋性爱游戏。

事前,范布勒答应游戏完了以后,给兰尼、泰勒每人200美元,然而,事后他却只给50美元,兰尼、泰伦要他再加150美元,范布勒不肯,于是三人吵起来了。

兰尼、泰伦用电线将范布勒绑在床上,要他加钱,范布勒仍然不肯,并且用粗言秽语大声叱骂他们;一气之下,泰伦将袜子塞进他的口里,兰尼拿起枕头往他的脸上压下去。

不一会,范布勒不喊不叫了,兰尼大吃一惊,移开枕头,泰伦伸手探探他的鼻息,骇然发现他的呼吸停止了!两人迅速逃离现场。

泰伦临走时顺手牵羊,将范布勒的鳄鱼皮手机拿走。

兰尼坦白了罪行后,刘洋凯问他泰伦的住址,他不知道,只提供了泰伦的手机号码。

刘洋凯打泰伦的手机,已经关机。

泰伦为什么关机?他到哪里去了?

第二十五章　神秘手机

两天后,家住迈阿密的一位女孩来奥兰多探望外祖母,在外祖母住屋旁边的草坪上,发现一辆超级市场用的手推车,一大块蓝色塑料布覆盖在车上,车旁露出两只脚。女孩走近一看,是男人的粗壮的脚,急忙打电话报警。

警署迅速出警,十分钟后,警官肯尼思、验尸官查理斯赶到现场。

肯尼思掀开覆盖在手推车上的塑料布,赫然见到一具壮汉的尸体。

验尸官查理斯将尸体从手推车里搬出,进行仔细检查。

死者是一位身强力壮的白人男子,年约二十一岁,身高一百八十五厘米,体重约一百八十磅。死因是胸部的刀伤。

查理斯提取了死者的指纹。肯尼思通过这个指纹,在电脑上查出这个壮汉名叫泰伦,他曾被警方拘捕,罪名是夜盗和藏毒。这个泰伦,是不是莫妮卡、刘洋凯正在寻找的杀害范布勒的另一个凶嫌呢?

莫妮卡、刘洋凯让兰尼辨认尸体,证实死者正是杀害范布勒的另一名凶嫌泰伦。

沙利警长于是征求刘洋凯的意见,能否继续协助破案?

刘洋凯当即表示同意。泰伦拿走了范布勒的鳄鱼皮手机,范布勒分管纽约秘密药厂,他的手机里可能储存了这个秘密药厂的信息,刘洋凯当然要追查到底!

刘洋凯从警署电脑上获知泰伦家里的地址,拿到一张泰伦的照片,并提审兰尼,兰尼说泰伦生前戴着一条很粗的金项链,但尸体上没有。

刘洋凯来到泰伦家,敲门。

"来了!"一个中年妇女打开房门,"您找谁?"

"我找泰伦。"刘洋凯没有告诉对方,泰伦已死。

"泰伦不住这里,我有一个多月没有看到他了。"

"您是……"

"我是泰伦的母亲。泰伦的父亲去世后,我改嫁了。泰伦只是偶而来看望我。"

"那您知不知道泰伦现在住哪里?"刘洋凯问。

"我不知道。"

"有谁知道?"

"泰伦的叔叔知道。"

泰伦的母亲告知了他叔叔的住址,刘洋凯立即前往该处;可是邻居说,他已搬走。邻居把泰伦叔叔的手机号码告诉刘洋凯,刘洋凯掏出手机打电话,可是打不通。

刘洋凯拿着泰伦的照片,继续向这一带的街坊们询问。其中有个中年男子认出了照片上的泰伦,他告诉刘洋凯,他最后见到泰伦,是两天前,他和泰伦交谈了半个钟头,后来泰伦走了。

这男子指着前面的一座公园,对刘洋凯说,泰伦经常到那个公园闲逛。

刘洋凯谢过那男子,前往那个公园查看。他估算了一个,公园距离发现泰伦尸体的地点约一英里。

刘洋凯询问他所见到的公园里的游人,但没有得到任何有用的线索。

他不甘心,继续在公园里探寻,终于发现停在公园里的一辆宝马车的后备厢边缘有血迹!

刘洋凯打开这辆车的后备厢,却一无所获。

这辆车后备厢上的血迹,后经化验是泰伦的血。

这引起刘洋凯的高度重视,他必须找到这辆宝马车的主人。

刘洋凯请莫妮卡在电脑上查阅车辆登记档案,很快找到这辆宝马车的车主。车主告诉刘洋凯,两天前,他的车不见了,而公园里的这辆宝马车,就是他的。

经过调查,车主不是杀害泰伦的凶手。

但是,车主看了泰伦的照片后,对刘洋凯说:"我认识这个人,他叫泰伦。"

"怎么认识的?"刘洋凯问。

"前面街口有个年轻女人,叫狄娜,她是泰伦的未婚妻,泰伦经常住在她家里。"

这是一条重要线索!刘洋凯立即通知莫妮卡。

翌日,刘洋凯和莫妮卡来到狄娜的家,敲门。

"谁呀?"

伴随娇滴滴的声音,一个穿着薄如蝉翼睡衣的女人打开房门。

"我是警察,找狄娜小姐。"莫妮卡出示证件。

"我就是。"狄娜做了个"请进"的手势,莫妮卡、刘洋凯进屋。

"你跟泰伦是什么关系?"莫妮卡问。

"我是他的未婚妻。"

莫妮卡向狄娜说明来意:"因为泰伦被杀害,我们要向他所认识的人了解情况。"

狄娜显得有些紧张。

刘洋凯看到狄娜的脖子上戴着一条很粗的金项链,想到兰尼曾经对他说过,泰伦生前曾戴着一条很粗的金项链,但尸体上没有,就对狄娜说:

"狄娜小姐,你的金项链是新买的吗?"

"不……不是,"狄娜支支吾吾,"是泰伦送给我的,他很爱我。"

"你能不能摘下来让我们看一看呢?"莫妮卡问。

狄娜很勉强地摘下金项链。

莫妮卡接过金项链,跟刘洋凯一起查看。

刘洋凯很快发现,金项链上有些血迹。

"金项链上为什么会有血迹?"刘洋凯问。

"我不知道,"狄娜故作镇静,"我昨晚被蚊子咬,也许因此留下了血迹。"

刘洋凯逼视狄娜:"是泰伦的血吧!"

"不是,绝对不是!绝对不是……"狄娜跳起来,歇斯底里地狂叫。

莫妮卡去按狄娜的肩膀,让她坐下来。

刘洋凯、莫妮卡查看狄娜的卧室,看到许多女性自慰物品。

刘洋凯顿生疑窦:狄娜有年轻力壮的泰伦这个未婚夫为伴,为什么还需要这些物品呢?

他思索片刻,找到了答案。

刘洋凯还发现一个刀鞘,但是没有刀。

"狄娜小姐,这个刀鞘里面,怎么没有刀呢?"刘洋凯问。

"我忘记刀在哪里了,它是我三年前买的。"

"三年前?"刘洋凯一针见血地说,"我看只有三十天吧?刀鞘还很新哩!"

狄娜的面色陡然变得惨白。

"狄娜小姐,"刘洋凯说,"我们已有足够的证据,证明是你杀害了泰伦!"

"不是我,不是我!"狄娜急忙辩解,"泰伦是我的未婚夫,我爱他,怎么会杀他呢?"

刘洋凯严肃地对狄娜说:"泰伦不是同性恋,但他为了赚钱,跟同性恋者打得火热,这段时间要么不跟你见面,要么见面时疲劳不堪,倒头就睡。你劝他不要跟同性恋者鬼混,可是他偏偏不听;狄娜小姐,你爱泰伦,他对不起你,害你独守空房,而你宁可使用自慰物品,也不移情别恋;但是,爱之深,恨之切,泰伦不知悔改,所以你最后痛下杀手……"

刘洋凯的话还没有说完,狄娜的眼泪夺眶而出。

她激动地对刘洋凯说:"侦探先生,您说得太对了!那天晚上,我想和泰伦做爱,他却睡着了,喊也喊不醒,我忍无可忍,丧失理智,抓起刚买回的切肉刀刺向他……"

狄娜继续招供:她杀死泰伦之后,摘下他的金项链,用邻居的宝马车装运尸体;车开到一片草坪上,狄娜看到一辆超级市场用的手推车,就将尸体放进车里,用塑料布覆盖;再将宝马车开了约一英里,丢弃在公园里。

狄娜的供述,与刘洋凯对案情的分析基本吻合。

"狄娜小姐,你除了拿走泰伦的金项链,还拿了别的东西没有?"刘洋凯问。

"还拿了他的一台鳄鱼皮手机。"狄娜的回答很干脆。

"手机在哪里?"莫妮卡问。

"在我的皮包里。"

狄娜拿出手机,交给莫妮卡。

这台手机有精美的屏幕、最强的处理器、最新的相机软件,这些使它成了非常引人注目的"旗舰"产品;加上用鳄鱼皮做的外壳,完美融合了商务范和时尚感,被手机玩家视为掌中珍品。

莫妮卡把这台鳄皮手机递给刘洋凯,让他从中查找秘密药厂的信息,随后将狄娜押上警车,返回警署。

第二十六章　捣毁黑窝

刘洋凯将范布勒的鳄鱼皮手机接入电脑，运用娴熟的操作技巧进行解密，果然发现里面储存有重要信息，获知设在纽约的秘密药厂，已由鲁家大院迁至纽约史丹顿岛一座百年古宅内。刘洋凯立即电告陈静美、王宏彬前往该址，抓获副厂长兼总工程师祁厚之、医生王邦亮及有关人员，解救失踪的女孩朱萍、阮小芳、鲁秀梅，还有瑶瑶的表妹陈秀芳。抓捕行动迅速进行，但是新址内没有看见"厂长"，更没有找到"董事长"。

刘洋凯从奥兰多返回纽约，同王宏彬、刘洋凯、陈静美对祁厚之进行审讯。刘洋凯问："祁厚之，谁是厂长？"

祁厚之答道："厂长是我的顶头上司，一个'大隐隐于市'的人。"

"大隐隐于市？"陈静美揣摸这句话的意思，"你是说，他是一个伪装得非常巧妙的人？"

祁厚之点点头，随即做了一个鬼脸："说起来你们可能不会相信，他就是新村餐馆经理林焕仁!"

刘洋凯、陈静美、王宏彬的心同时被震动了一下,仿佛刚刚响过一声炸雷。

"林家柱是林焕仁的儿子,难道林焕仁会……"

祁厚之打断陈静美的话:"林家柱不是林焕仁的儿子!"

"什么?!"陈静美心里又是一怔。

祁厚之解释道:"当年林焕仁在特工学校受训的时候,教官'建议'学员做绝育手术,不留后嗣,说只有这样,才能真正做到无牵无挂。林焕仁就是在那个时候做了手术。"

"林焕仁杀死了林家柱?"陈静美问。

"林家柱不是林焕仁杀的,但他提供了杀害林家柱的最佳时机。"

"什么最佳时机?"刘洋凯问。

"当时整幢房子都没有别人。林焕仁将一张钞票放在林家柱的枕边,还开着灯,这就是暗号。"

"林家柱是你杀的?"王宏彬逼视祁厚之。

"我是做技术工作的,从来不干'湿活'。我只是抱着林家柱的尸体把它扔到郊外。"

"林家柱到底是被谁杀害的?"刘洋凯问。

"是董事长杀的。"

"董事长是谁?"王宏彬问。

祁厚之供述,"董事长"是个女的,但他只见过她几次,而且没有看清她的面貌,只记得她的声音圆润而带有磁性……

"鲁玉英是谁杀死的?"王宏彬又问。

"她是被林焕仁杀死的。"祁厚之答道,"我只当搬运工,把鲁玉英的裸尸丢到小公园背后的草丛里。"

这时,张铁嘴的表弟祝主任带着那张"虎图"气喘吁吁跑到警署,说他今天清点张铁嘴的遗物时,在"虎图"背面发现张铁嘴亲笔写下的遗言:

老表:

我要是死了,就是被新村餐馆经理林焕仁杀死的!

我在小公园里亲眼看到林焕仁强奸并杀死鲁玉英,我以为不揭发他可以躲过一劫。

张铁嘴

祁厚之、张铁嘴都指认林焕仁杀害鲁玉英,王宏彬立即带领两名警员赶往新村餐馆传讯这个"大隐隐于市"的人。

刘洋凯、陈静美继续审讯祁厚之。

新村餐馆跟往常一样生意兴隆,林焕仁突然接到"董事长"打来的要他马上撤离的紧急电话,交代完餐馆业务正准备出门,忽然看见王宏彬带着两名警员大步朝餐馆走来;这个平时温文尔雅的人,从腋下抽出一把奥地利格洛克36式小型手枪,翻脸变成冷血杀手,朝着王宏彬等三位警员连开三枪,两位警员当场牺牲,王宏彬身负重伤。

枪声夹杂着女服务员"林经理杀人了!"的尖叫声使餐馆内外秩序大乱。林焕仁乘混乱夺路而逃,先后劫持两辆卡车,后来又抢劫一辆吉普车,司机说车况不好,不适合逃命,林焕仁不信,开枪打死这个司机,夺车朝码头开去。

刘洋凯、陈静美闻讯驾车风驰电掣地追赶那辆吉普车。

林焕仁驾着吉普车发疯似的疾驶。林焕仁自恃车技非凡,不断加大油门。同时,为了避让前面驶来的车辆,又不断踩刹车。

行至江边时,吉普车的刹车突然失灵。

刘洋凯让陈静美对林焕仁展开攻心战,陈静美大喊:"林经理,赶快停车,前面是死路一条!"林焕仁闻声回头一看,追捕他的人中有陈静美,餐馆新来的服务员竟是卧底!他的方寸大乱,差点撞上一辆大货车,慌乱中急忙打方向盘,因用力过猛,方向盘被卡住了!吉普车变成一匹脱缰野马,直往江上冲,任凭林焕仁车技如何高超,也无可奈何。吉普车冲垮护栏,跌入大海……

这起由女孩失踪引发的"青春血案",被刘洋凯成功侦破,为他的侦探生涯写下了不寻常的篇章。

只是,犯罪团伙主要头目"董事长"尚未归案,刘洋凯的不祥之感像悬在心里的一块石头:这个神秘女人说不定什么时候又会制造一起耸人听闻的大案……